新日檢

冠軍法則
鍛鍊核心語彙

文字x語彙

全真模考三回＋詳解搶分急戰力

絕對合格

吉松由美、田中陽子、西村惠子、林勝田、山田社日檢題庫小組

N1．N2

單字

山田社

前言 　　　　　　　　　　　　　　　　　　　　　　　　　　　　preface

一年兩次的新日檢戰場，您準備好了嗎？
無論是初上戰場的菜鳥還是沙場老兵，
只要有本書做為武器，從此無往不利！
針對新日檢，N1 ～ N2 的單字試題大集合！
最精準的考前猜題，無論考試怎麼出都不怕！

　　每年兩次的日檢挑戰迎面而來，您已經做好準備迎接挑戰了嗎？無論您是初試啼聲的新手，還是經驗豐富的考試高手，

**　　　　　　這本書將成為您在日檢征途中的無敵盾牌和利劍！**

　　針對日檢全新規範量身打造，從 N1 到 N2 的每一個單字和試題，一網打盡。我們帶來的是考試前的靶心精準預測，無論考試變幻如何，您都能輕鬆應對。這本書將磨練您答題的機敏與精準，讓那閃閃發光的合格證書唾手可得！

**　　　單字，語言之骨，全能力之基。它們構築了您的聽說讀寫 4 面堡壘。**

　　積聚起強大的單字庫，正是您向日檢高分發起的無懈可擊一擊。這不僅是學習，更是向日檢高分發起的強力一擊！

　　無論是早早布局，還是臨陣磨槍，我們為您精心準備了 3 回「單字」強化試題，專注於精準打擊和密集訓練。

**　　　　這將是您熟悉考試題型、考前熱身的最強盟友！**
**　　　　這裡有 5 大刷題心法，讓您在應試中所向披靡：**

　　＊ 以 100% 真實試題鍛煉您的答題本能，成為您無可匹敵的伙伴。

　　　＊ 精英師資團隊的深度預測，助您洞察考試趨勢，一步領先。

　　　＊ 每題附上詳細翻譯，以直觀的上下排列，讓您一秒吸收。

　　＊ 巧妙的解題編排佈局，左題右解，讓您的學習過程更加流暢迅速。

　　　＊ 提供超詳細解析，彷彿頂尖高手的筆記，讓您在零碎時間
也能快速提升實力。

★ **還原考場：完全真實模擬，熟透考場如在家一樣自在** ------------------------------

　　　　為了讓您感受 100% 的考試現場氛圍，我們根據新制日檢的單字考試方式進行了精心設計。這樣的模擬讓您仿佛身處真實的考場中，完全放鬆並自信滿滿。

　　　　我們的目標不僅是讓您徹底熱身熟悉考場，而且還要讓您完全掌握各種題型的答題技巧。從字型、讀音到詞意、同義詞，我們將一一為您解密，讓您滿懷自信，正面迎接日檢的挑戰，給您帶來合格的實戰準備！

★ **瞄準日檢核心，一擊必中：由日本資深教師團隊匠心打造** ------------------------------

　　　　為了精準捕捉日檢的最新動向，本書由一批深諳日檢奧秘的日本資深教師精心撰寫。這些金牌教師們運用豐富的編撰經驗，透過對歷年日檢考題的

深度剖析，精確描繪出新日檢的出題藍圖。從同音異義詞到易混淆的漢字，每一個細節都被揭露，成為您在日檢戰場上的致勝法寶。掌握了這些關鍵信息，您的答題速度將大幅提升，答題準確率也會隨之飆升，合格證書唾手可得！

★ 高效學習，鍵在效率：最直觀的閱讀佈局，抓緊每分每秒

在這場日檢戰役中，我們的武器是精心設計的擬真試題，它們不僅形式上一致於新日檢的標準，更讓您在每次練習中感受到實戰的氛圍。我們採用了直覺的「左頁題目、右頁解析」排版，將翻譯巧妙地安置於日文題目正下方，使您在閱讀和校對時無需額外翻找。這種巧妙的編排不僅省時省力，還能極大地提升您的學習效率，確保您在有限的時間內獲得最大的學習成果！

★ 自學戰略專家：透析難題，攻克考試核心

面對學習路上的障礙，感覺孤軍奮戰？放心，這本書就是您的秘密武器！每一題都伴隨著深入的分析解說，結構明晰，讓您一步步解開難題的迷霧。這不僅是一本書，更是您私人的日檢戰術專家。無論是平日的自學或是臨考的衝刺，它都能幫助您迅速掌握考試精髓，提升自信，勇敢面對挑戰！

★ 高效學習，鑄就高分成就：筆記豐富，記憶充電無限

我們的「精闢解題」不僅為您拆解答案，更是您應考知識的加油站，仿佛由頂尖學者親自整理的研究筆記。這本書以利用零碎時間也能輕鬆通過日檢的理念為核心，提供清晰易懂的版面配置和內容編排。我們為您量身打造了一套日檢攻略的完美公式，保證您隨時隨地都能愉快地吸收知識，悄無聲息地達到高分合格！

★ 突破極限，駕馭勝利：實戰練習，深化理解

深入本書的每個角落，精準攻克每一道題目。這不僅是對知識的考驗，更是對策略的挑戰。細緻的分析和不斷的反思，讓您在每次複習中發現自身的隱藏潛力。一旦您掌握了這些考試的秘籍，自信與好運自然會跟隨您。本書提供的豐富題型，讓您在任何考試變化面前都能保持鎮定自若，穩步邁向高分的頂峰！

練就絕佳的寫題手感，合格證書手到擒來！

目錄　　　　　　　　　　　contents

極めろ！
日本語能力試験 解説編

新制日檢！絕對合格 N1,N2 單字全真模考三回 + 詳解

JAPANESE TESTING

LEVEL N2

第一回

言語知識（文字、語彙）

問題1 ＿＿の言葉の読み方として最もよいものを、1・2・3・4から一つ選びなさい。

1 大勢の人が、集会に参加した。

1　おおせい　　2　おおぜい　　　3　だいせい　　　4　たいぜい

2 ここから眺める景色は最高です。

1　けいしょく　2　けいしき　　　3　けしき　　　　4　けしょく

3 アイスクリームが溶けてしまった。

1　とけて　　　2　つけて　　　　3　かけて　　　　4　よけて

4 時計の針は、何時を指していますか。

1　かね　　　　2　くぎ　　　　　3　じゅう　　　　4　はり

5 10年後の自分を想像してみよう。

1　そうじょう　2　そうぞう　　　3　しょうじょう　4　しょうぞう

問題2 ＿＿の言葉を漢字で書くとき、最もよいものを、1・2・3・4から一つ選びなさい。

6 午前中に<u>がっか</u>試験、午後は実技試験を行います。

1 学科 2 学課 3 学可 4 学化

7 あと 10 分です。<u>いそいで</u>ください。

1 走いで 2 忙いで 3 速いで 4 急いで

8 5番のバスに乗って、<u>しゅうてん</u>で降ります。

1 集天 2 終天 3 終点 4 集点

9 あなたが一番<u>しあわせ</u>を感じるのは、どんなときですか。

1 幸せ 2 羊せ 3 辛せ 4 肯せ

10 <u>ふくざつ</u>な計算に時間がかかってしまった。

1 副雑 2 複雑 3 復雑 4 福雑

問題3　（　　）に入れるのに最もよいものを、1・2・3・4から一つ選びなさい。

11 労働（　　）の権利を守る法律がある。

1　人　　　　　　2　者　　　　　　3　員　　　　　　4　士

12 遊園地の入場（　　）が値上げされるそうだよ。

1　代　　　　　　2　金　　　　　　3　費　　　　　　4　料

13 趣味はスポーツということですが、具体（　　）にはどんなスポーツをされるんですか。

1　式　　　　　　2　的　　　　　　3　化　　　　　　4　用

14 若者が（　　）文化に触れる機会をもっと増やすべきだ。

1　異　　　　　　2　別　　　　　　3　外　　　　　　4　他

15 （　　）期間のアルバイトを探している。

1　小　　　　　　2　低　　　　　　3　短　　　　　　4　少

問題4 （　　）に入れるのに最もよいものを、1・2・3・4から一つ選びなさい。

16 私があなたをだましたなんて！それは（　　）ですよ！

　1　混乱　　　　　2　皮肉　　　　　3　誤解　　　　　4　意外

17 夫は朝から（　　）が悪く、話しかけても返事もしない。

　1　元気　　　　　2　機嫌　　　　　3　心理　　　　　4　礼儀

18 昔は、地図を作るのに、人が歩いて（　　）を測ったそうだ。

　1　角度　　　　　2　規模　　　　　3　幅　　　　　　4　距離

19 次に、なべに沸かしたお湯で、ほうれん草を（　　）。

　1　刻みます　　　2　焼きます　　　3　炒めます　　　4　ゆでます

20 この地方は、気候が大変（　　）で、一年中春のようです。

　1　穏やか　　　　2　安易　　　　　3　なだらか　　　4　上品

21 就職相談を希望する学生は、（　　）希望日時を就職課で予約すること。

　1　そのうち　　　2　あらかじめ　　3　たびたび　　　4　いつの間にか

22 パソコンの操作を間違えて、入力した（　　）を全て消してしまった。

　1　ソフト　　　　2　データ　　　　3　コピー　　　　4　プリント

問題5 ＿＿＿の言葉に意味が最も近いものを、1・2・3・4から一つ選びなさい。

23 履歴書に書く<u>長所</u>を考える。

1 好きなこと　　2 良い点　　　3 得意なこと　　4 背の高さ

24 <u>公平な</u>判断をする。

1 平凡な　　　　2 平等な　　　3 分かりやすい　4 安全な

25 机の上の荷物を<u>どける</u>。

1 しまう　　　　2 汚す　　　　3 届ける　　　　4 動かす

26 <u>いきなり</u>肩をたたかれて、びっくりした。

1 突然　　　　　2 ちょうど　　3 思いきり　　　4 一回

27 小さな<u>ミス</u>が、勝敗を分けた。

1 選択　　　　　2 中止　　　　3 失敗　　　　　4 損害

問題6　次の言葉の使い方として最もよいものを、1・2・3・4から一
　　　　つ選びなさい。

28　手間

1　アルバイトが忙しくて、勉強する手間がない。

2　彼女はいつも、手間がかかった料理を作る。

3　手間があいていたら、ちょっと手伝ってもらえませんか。

4　子どもの服を縫うのは、とても手間がある仕事です。

29　就任

1　大学卒業後は、食品会社に就任したい。

2　一日の就任時間は、8時間です。

3　この会社で10年間、研究者として就任してきました。

4　この度、社長に就任しました木村です。

30　見事

1　彼女の初舞台は見事だった。

2　隣のご主人は、見事な会社の社長らしい。

3　20歳なら、もう見事な大人ですよ。

4　サッカーは世界中で見事なスポーツだ。

31　組み立てる

1　夏休みの予定を組み立てよう。

2　自分で組み立てる家具が人気です。

3　30歳までに、自分の会社を組み立てたい。

4　長い上着に短いスカートを組み立てるのが、今年の流行だそうだ。

32 ずっしり

1 リーダーとしての責任を<u>ずっしり</u>と感じる。

2 帰るころには、辺りは<u>ずっしり</u>暗くなっていた。

3 緊張して、<u>ずっしり</u>汗をかいた。

4 このスープは、<u>ずっしり</u>煮込むことが大切です。

第二回

言語知識（文字、語彙）

問題1 ＿＿＿の言葉の読み方として最もよいものを、1・2・3・4から一つ選びなさい。

1 平日は、夜9時まで営業しています。

1 へいにち　　2 へいひ　　　3 へいび　　　4 へいじつ

2 上着をお預かりします。

1 うえぎ　　　2 うわぎ　　　3 じょうき　　4 じょうぎ

3 ベランダの花が枯れてしまった。

1 かれて　　　2 これて　　　3 ぬれて　　　4 ゆれて

4 あとで事務所に来てください。

1 じむしょう　2 じむしょ　　3 じむじょう　4 じむじょ

5 月に1回、クラシック音楽の雑誌を発行している。

1 はつこう　　2 はっこう　　3 はつぎょう　4 はっぎょう

問題2 ____の言葉を漢字で書くとき、最もよいものを、1・2・3・4
から一つ選びなさい。

6 きけんです。中に入ってはいけません。

1 危検　　　　2 危験　　　　3 危険　　　　4 危研

7 階段でころんで、けがをした。

1 回んで　　　2 向んで　　　3 転んで　　　4 空んで

8 では、建築家の吉田先生をごしょうかいします。
     よし だ

1 紹介　　　　2 招会　　　　3 招介　　　　4 紹会

9 このタオル、まだしめっているよ。

1 閉って　　　2 温って　　　3 参って　　　4 湿って

10 これで、人生5度目のしつれんです。

1 矢変　　　　2 失変　　　　3 矢恋　　　　4 失恋

問題3 （ ）に入れるのに最もよいものを、1・2・3・4から一つ選
　　　 びなさい。

11 外交（ 　 ）になるための試験に合格した。
　 1 家　　　　　 2 士　　　　　 3 官　　　　　 4 業

12 誕生日に父から、スイス（ 　 ）の時計をもらった。
　 1 型　　　　　 2 用　　　　　 3 製　　　　　 4 産

13 景気が回復して、失業（ 　 ）が3%台まで下がった。
　 1 率　　　　　 2 度　　　　　 3 割　　　　　 4 性

14 うちの父と母は、（ 　 ）反対の性格です。
　 1 超　　　　　 2 両　　　　　 3 完　　　　　 4 正

15 この事件に（ 　 ）関心だった私たちにも責任がある。
　 1 不　　　　　 2 無　　　　　 3 未　　　　　 4 低

問題4 （　　）に入れるのに最もよいものを、1・2・3・4から一つ選びなさい。

16 一人暮らしで、病気になっても（　　）してくれる家族もいない。

1　診察　　　　　2　看病　　　　　3　管理　　　　　4　予防

17 得意な（　　）は、数学と音楽です。

1　科目　　　　　2　成績　　　　　3　専攻　　　　　4　単位

18 今年のマラソン大会の参加者は過去最高で、その数は4万人に（　　）。

1　足した　　　　2　加わった　　　3　達した　　　　4　集まった

19 オレンジを（　　）、ジュースを作る。

1　しぼって　　　2　こぼして　　　3　溶かして　　　4　蒸して

20 みんな疲れているのに、自分だけ楽な仕事をして、彼は（　　）。

1　ゆるい　　　　2　つらい　　　　3　しつこい　　　4　ずるい

21 彼は（　　）になった古い写真を、大切そうに取り出した。

1　ぽかぽか　　　2　ぼろぼろ　　　3　こつこつ　　　4　のびのび

22 消費者の（　　）に合わせた商品開発が、ヒット商品を生む。

1　サービス　　　2　プライバシー　3　ニーズ　　　　4　ペース

問題5 ＿＿の言葉に意味が最も近いものを、1・2・3・4から一つ選びなさい。

23 出かける<u>支度</u>をする。

1 準備 　　　　2 予約 　　　　3 支払い 　　　　4 様子

24 小さかった弟は、<u>たくましい</u>青年に成長した。

1 心の優しい 　　2 優秀な 　　　3 力強い 　　　　4 正直な

25 国際社会に<u>貢献</u>する仕事がしたい。

1 参加する 　　2 輸出する 　　3 役に立つ 　　　4 注目する

26 ウソをついても、<u>いずれ</u>分かることだよ。

1 いつかきっと 　　　　　　2 今すぐに

3 だんだん 　　　　　　　　4 初めから終わりまで

27 急いで<u>キャンセル</u>したが、料金の30％も取られた。

1 変更した 　　2 予約した 　　3 書き直した 　　4 取り消した

問題6　次の言葉の使い方として最もよいものを、1・2・3・4から一
　　　　つ選びなさい。

28　発明

1　太平洋沖で、新種の魚が発明されたそうだ。
2　レオナルド・ダ・ヴィンチは、画家としてだけでなく、発明家とし
　　ても有名だ。
3　彼が発明する歌は、これまですべてヒットしている。
4　新しい薬の発明には、莫大な時間と費用が必要だ。

29　往復

1　手術から2カ月、ようやく体力が往復してきた。
2　習ったことは、もう一度往復すると、よく覚えられる。
3　家と会社を往復するだけの毎日です。
4　古い写真を見て、子どものころを往復した。

30　険しい

1　彼はいま金持ちだが、子どものころの生活はとても険しかったそう
　　だ。
2　最近は、親が子を殺すような、険しい事件が多い。
3　そんな険しい顔をしないで。笑った方がかわいいよ。
4　今日は夕方から険しい雨が降るでしょう。

31　掴む

1　やっと掴んだこのチャンスを無駄にするまいと誓った。
2　彼はその小さな虫を、指先で掴んで、窓から捨てた。
3　このビデオカメラは、実に多くの機能を掴んでいる。
4　予定より2時間も早く着いたので、喫茶店で時間を掴んだ。

32 わざわざ

1 小さいころ、優しい兄は、ゲームで<u>わざわざ</u>負けてくれたものだ。

2 彼の仕事は、<u>わざわざ</u>取材をして、記事を書くことだ。

3 <u>わざわざ</u>お茶を入れました。どうぞお飲みください。

4 道を聞いたら、<u>わざわざ</u>そこまで案内してくれて、親切な人が多い
  ですね。

第三回

言語知識（文字、語彙）

問題1 ＿＿の言葉の読み方として最もよいものを、1・2・3・4から
一つ選びなさい。

1 駅前の広場で、ドラマの撮影をしていた。

　1　こうば　　　　2　こうじょう　　3　ひろば　　　　4　ひろじょう

2 君のお姉さんは本当に美人だなあ！

　1　おあねさん　2　おあにさん　3　おねいさん　4　おねえさん

3 このスープ、ちょっと薄いんじゃない？

　1　まずい　　　　2　ぬるい　　　　3　こい　　　　　4　うすい

4 私の先生は、毎日宿題を出します。

　1　しゅくたい　2　しゅくだい　3　しゅうくたい　4　しゅうくだい

5 子供のころは、虫取りに熱中したものだ。

　1　ねっじゅう　2　ねつじゅう　3　ねっちゅう　4　ねつじゅう

問題2 ＿＿の言葉を漢字で書くとき、最もよいものを、1・2・3・4
　　　　から一つ選びなさい。

6　しんぶん配達のアルバイトをしています。

　1　親聞　　　　2　新聞　　　　3　新関　　　　4　親関

7　さいふを落としました。1000円かしていただけませんか。

　1　貨して　　　2　借して　　　3　背して　　　4　貸して

8　しょうぼう車がサイレンを鳴らして、走っている。

　1　消防　　　　2　消法　　　　3　消忙　　　　4　消病

9　漢字は苦手ですが、やさしいものなら読めます。

　1　安しい　　　2　優しい　　　3　易しい　　　4　甘しい

10　都心から車で40分のこうがいに住んでいます。

　1　公外　　　　2　郊外　　　　3　候外　　　　4　降外

問題3　（　　）に入れるのに最もよいものを、1・2・3・4から一つ選
　　　　びなさい。

11 宇宙に半年間滞在していた宇宙飛行（　　）のインタビュー番組を
　　見た。

　1　士　　　　　　2　者　　　　　　3　官　　　　　　4　家

12 裁判（　　）の前で、テレビ局の記者が事件を報道していた。

　1　場　　　　　　2　館　　　　　　3　地　　　　　　4　所

13 彼は（　　）オリンピック選手で、今はスポーツ解説者をしている。

　1　元　　　　　　2　前　　　　　　3　後　　　　　　4　先

14 ニュース番組は（　　）放送だから、失敗は許されない。

　1　名　　　　　　2　超　　　　　　3　生　　　　　　4　現

15 あなたのような有名人は影響（　　）があるのだから、発言には注
　　意したほうがいい。

　1　状　　　　　　2　感　　　　　　3　力　　　　　　4　風

問題4（　　）に入れるのに最もよいものを、1・2・3・4から一つ選びなさい。

16 自分で（　　）できるまで、何十回でも実験を繰り返した。

1　納得　　　　　2　自慢　　　　　3　得意　　　　　4　承認

17 人類の（　　）が誕生したのは 10 万年前だと言われている。

1　伯父　　　　　2　子孫　　　　　3　先輩　　　　　4　祖先

18 将来は絵本（　　）になりたい。

1　作者　　　　　2　著者　　　　　3　作家　　　　　4　筆者

19 不規則な生活で、体調を（　　）しまった。

1　降ろして　　　2　過ごして　　　3　もたれて　　　4　崩して

20 おかげさまで、仕事は（　　）です。

1　理想　　　　　2　順調　　　　　3　有能　　　　　4　完全

21 天気に恵まれて、青空の中に富士山が（　　）見えた。

1　くっきり　　　2　さっぱり　　　3　せいぜい　　　4　せめて

22 できるだけ安い原料を使って、生産（　　）を下げている。

1　ローン　　　　2　マーケット　　3　ショップ　　　4　コスト

問題 5 ＿＿の言葉に意味が最も近いものを、1・2・3・4から一つ選びなさい。

23 この島の人口は、10 年連続で増加している。

1　少なくなる　　2　多くなる　　　3　年をとる　　　4　若くなる

24 引っ越し前のあわただしい時に、おじゃましてすみません。

1　わずかな　　2　不自由な　　　3　落ち着かない　　4　にぎやかな

25 わたしたちは毎日、大量の電気を消費している。

1　買う　　　　2　売る　　　　3　消す　　　　4　使う

26 この地域では、まれに、5月に雪が降ることがあります。

1　たまに　　　　　　　　　2　しょっちゅう
3　不思議なことに　　　　　4　急に

27 客のクレームに、丁寧に対応する。

1　注文　　　2　苦情　　　3　サービス　　　4　意見

問題6　次の言葉の使い方として最もよいものを、1・2・3・4から一つ選びなさい。

28　汚染

1　工場から出る水で、川が汚染された。

2　冷蔵庫に入れなかったので、牛乳が汚染してしまった。

3　汚染したくつ下を、石けんで洗う。

4　インフルエンザはせきやくしゃみで汚染します。

29　姿勢

1　帽子をかぶった強盗の姿勢が、防犯カメラに映っていた。

2　授業中にガムをかむことは、日本では姿勢が悪いと考えられています。

3　きものは、きちんとした姿勢で着てこそ美しい。

4　若いころはやせていたが、40歳をすぎたらおなかが出てきて、すっかり姿勢が変わってしまった。

30　生意気

1　年下のくせに、生意気なことをいうな。

2　明日テストなのに、テレビを見ているなんて、ずいぶん生意気だね。

3　頭にきて、先輩に生意気をしてしまった。

4　あの先生は、授業はうまいが、ちょっと生意気だ。

31　刻む

1　冷えたビールをコップに刻む。

2　時間を間違えて、30分も刻んでしまった。

3　鉛筆をナイフで刻む。

4　みそしるに、細かく刻んだネギを入れる。

32 めったに

1 計算問題は時間が足りなくて、めったにできなかった。

2 これは、日本ではめったに見られない珍しいチョウです。

3 いつもは時間に正確な彼が、昨日はめったに遅れてきた。

4 昨日、駅で、古い友人にめったに会った。

MEMO

翻譯與解題

◎問題 1　＿＿＿中的詞語讀音應為何？請從選項 1・2・3・4 中選出一個最適合的答案。

□ 1　大勢の人が、集会に参加した。

1　おおせい　　　2　おおぜい　　　3　だいせい　　　4　たいぜい

譯〉許多人參加了集會。
1　×
2　大勢（眾多的人）
3　×
4　大勢（人數眾多）

□ 2　ここから眺める景色は最高です。

1　けいしょく　　　2　けいしき　　　3　けしき　　　4　けしょく

譯〉從這裡眺望的風景是最棒的了。
1　軽食（小吃）
2　形式（形式）
3　景色（風景）
4　×

□ 3　アイスクリームが溶けてしまった。

1　とけて　　　2　つけて　　　3　かけて　　　4　よけて

譯〉冰淇淋融化了。
1　溶けて（融化／溶化／熔化）
2　付けて（沾）
3　掛けて（加）
4　除けて（除掉）

□ 4　時計の針は、何時を指していますか。

1　かね　　　2　くぎ　　　3　じゅう　　　4　はり

譯〉時鐘的指針指向幾點呢？
1　鐘（鐘）
2　釘（釘子）
3　銃（槍）
4　針（針）

□ 5　10年後の自分を想像してみよう。

1　そうじょう　　　2　そうぞう　　　3　しょうじょう　　　4　しょうぞう

譯〉試著想像十年後的自己。
1　相乗（相乘）
2　想像（想像）
3　症状（病狀）
4　肖像（肖像）

(解題)1   (答案) (2)
　「大勢」是很多人的意思。
　大的念法有ダイ・タイ／おお・おお‐きい。例如：大学（大學）、大会（大
　會）、大雨（大雨）。
　勢的念法有セイ／いきお‐い。

(解題)2   (答案) (3)
　「景色／景色」是指自然景觀、風景。
　景唸作ケイ。例如：景気（景氣）。
　色的念法有シキ・ショク／いろ。例如：特色（特色）、黄色（黃色）。
　※「景色／景色」唸作けしき，是特殊念法。

(解題)3   (答案) (1)
　「溶ける／融化、溶化、熔化」是固態變成液態的過程。
　選項2「付ける／安裝」、「点ける／點燃」、「着ける／穿上」等等。
　選項3「掛ける／掛起」等等。選項4「避ける／避開」、「除ける／除去」。
　溶的念法有ヨウ／と‐ける・と‐かす・と‐く。例如：氷が溶ける（冰融化）、
　砂糖を溶かす（把砂糖溶解）、卵を溶く（把雞蛋打散）。

(解題)4   (答案) (4)
　「針／針」是指有細長尖端的器具。
　選項1「金／金子」、「鐘／鐘」、選項2「釘／釘子」、選項3「銃／槍」。
　針的念法有シン／はり。例如：時計の長針（時鐘的時針）、針に糸を通
　す（把線穿過針）、注射の針（注射用的針）、釣り針（釣鉤）。

(解題)5   (答案) (2)
　「想像／想像」是指浮現在心裡的事。
　想唸作ソウ。例如：感想（感想）、理想（理想）。
　像唸作ゾウ。例如：偉人の銅像（偉人的銅像）。

◎問題2 ＿＿＿中的詞語漢字應為何？請從選項1・2・3・4中選出一個最適合的答案。

□ **6** 午前中にがっか試験、午後は実技試験を行います。

　　1　学科　　　　　2　学課　　　　　3　学可　　　　4　学化

　　譯〉上午進行學科測驗，下午進行技術考試。

　　　1　學科　　　　　　　　　　　2　課程
　　　3　X　　　　　　　　　　　　4　X

□ **7** あと 10 分です。いそいでください。

　　1　走いで　　　　2　忙いで　　　　3　速いで　　　4　急いで

　　譯〉還剩十分鐘。請你動作快點！

　　　1　X　　　　　　　　　　　　2　X
　　　3　X　　　　　　　　　　　　4　快點

□ **8** 5番のバスに乗って、しゅうてんで降ります。

　　1　集天　　　　　2　終天　　　　　3　終点　　　　4　集点

　　譯〉搭乘五號公車，在終點站下車。

　　　1　X　　　　　　　　　　　　2　X
　　　3　終點　　　　　　　　　　　4　X

□ **9** あなたが一番しあわせを感じるのは、どんなときですか。

　　1　幸せ　　　　　2　羊せ　　　　　3　辛せ　　　　4　肯せ

　　譯〉你覺得最幸福的時刻是什麼時候？

　　　1　幸福　　　　　　　　　　　2　X
　　　3　X　　　　　　　　　　　　4　X

□ **10** ふくざつな計算に時間がかかってしまった。

　　1　副雑　　　　　2　複雑　　　　　3　復雑　　　　4　福雑

　　譯〉花了很多時間在複雜的運算上。

　　　1　X　　　　　　　　　　　　2　複雜
　　　3　X　　　　　　　　　　　　4　X

解題**6**　　　　　　　　　　　　　　　　　　　　　　　答案 **(1)**

「学科」是學問的一部分、科目的意思。也指大學學院裡的單位。例如：
工学部建築学科（工學院建築系）。
学的念法有ガク／まな‐ぶ。
科唸作カ。例如：科学（科學）。
選項 2「学課／課程」是指學業的課程、內容。

解題**7**　　　　　　　　　　　　　　　　　　　　　　　答案 **(4)**

「急ぐ／趕緊」是指早點做某事的意思。
急的念法有キュウ／いそ‐ぐ。例如：急行（快速列車）。
選項 1「走る／奔跑」表示快速移動的動作。て形寫作「はしって」。
選項 2「忙しい／忙碌」是表示事情很多、時間不夠的形容詞。
選項 3「速い／快」是表示速度很快的形容詞。

解題**8**　　　　　　　　　　　　　　　　　　　　　　　答案 **(3)**

「終点／終點」是指最終的地點。也指電車、巴士等的最後一站。
終的念法有シュウ／お‐わる　お‐える。
点唸作テン。
選項 1、4「集」シュウ／あつ‐まる　あつ‐める。例如：集合（集合）。
選項 1，2「天」テン／あま　あめ。例如：天気（天氣）。

解題**9**　　　　　　　　　　　　　　　　　　　　　　　答案 **(1)**

「幸せ／幸福」是幸福和幸運的意思。
幸的念法有コウ／さいわ‐い・さち・しあわ‐せ。
選項 2「羊」的念法有ヨウ／ひつじ。
選項 3「辛」的念法有シン／から‐い・つら‐い。
選項 4「肯」的念法有コウ。例如：肯定する（肯定）。

解題**10**　　　　　　　　　　　　　　　　　　　　　　答案 **(2)**

「複雑／複雜」表示不簡單、不單純的樣子。
複唸作フク。例如：複数（複數）。「複／複數」↔「単／單數」。
雑的念法有ザツ・ゾウ。例如：雑誌（雜誌）。
選項 1「副／副」↔「正／正」。例如：副社長（副總經理）。
選項 3「復／恢復」指恢復原狀、重覆。例如：往復（往返）、復習（複習）。
選項 4「福／福」是幸福的意思。例如：幸福（幸福）。

翻譯與解題

◎問題3 （　　　　）中的詞語應為何？請從選項1・2・3・4中選出一個最適合的答案。

□ 11 労働（　　）の権利を守る法律がある。

1 人　　　　　2 者　　　　　3 員　　　　　4 士

譯〉訂有保護勞工權益的法律。

1 人　　　　　　　2 者
3 員　　　　　　　4 士

□ 12 遊園地の入場（　　）が値上げされるそうだよ。

1 代　　　　　2 金　　　　　3 費　　　　　4 料

譯〉聽説遊樂園的入園門票要漲價了。

1 代　　　　　　　2 金
3 費　　　　　　　4 料

□ 13 趣味はスポーツということですが、具体（　　）にはどんなスポーツをされるんですか。

1 式　　　　　2 的　　　　　3 化　　　　　4 用

譯〉你説你的興趣是運動，具體而言是什麼運動呢？

1 式　　　　　　　2 的
3 化　　　　　　　4 用

□ 14 若者が（　　）文化に触れる機会をもっと増やすべきだ。

1 異　　　　　2 別　　　　　3 外　　　　　4 他

譯〉我們應該增加年輕人體驗不同文化的機會。

1 異　　　　　　　2 別
3 外　　　　　　　4 他

□ 15 （　　）期間のアルバイトを探している。

1 小　　　　　2 低　　　　　3 短　　　　　4 少

譯〉我正在找短期打工。

1 小　　　　　　　2 低
3 短　　　　　　　4 少

(解題)**11**

「労働者／勞工」意思是工作的人。

「～者／～者」。例如：「研究者／研究者」、「科学者／科學家」。

選項1社会人（社會人士）、選項3会社員（公司職員）、選項4弁護士（律師）。

(解題)**12**

(答案) (4)

「入場料／入場費」是指進入場內所需的花費。

「～料／～費」。例如：「授業料／學費」、「手数料／手續費」等等。

選項1電話代（電話費）、選項2入学金（註冊費）、選項3交通費（交通費）。

(解題)**13**

(答案) (2)

「具体的／具體化」是指能知道形狀或數字的個別情況。↔「抽象的／抽象化」。

「～的／～式、～方面」。例如：「経済的／經濟方面」、「国際的／國際化」。

選項1日本式（日式）、選項3温暖化（暖化）、選項4子供用（兒童用）。

(解題)**14**

(答案) (1)

「異文化／不同的文化」是指不同的文化，如生活或宗教等。「異～／異～」的例子：「異民族／不同的民族」、「異業種／不同的事業」。

選項2別世界（另一個世界）、選項3外国（外國）、選項4他人（他人）。

(解題)**15**

(答案) (3)

「短期間／短期」是指很短的期間。↔「長期間／長期」。

「短～／短～」的例子：「短距離／短距離」、「短時間／短時間」。

選項1小皿（小盤子）、選項2低価格（價格低廉）、選項4少人数（少數人）。

翻譯與解題

◎問題 4 （　　　）中的詞語應為何？請從選項 1・2・3・4 中選出一個最適合的答案。

□ **16** 私があなたをだましたなんて！それは（　　）ですよ！

1 混乱　　　　　　　　　2 皮肉
3 誤解　　　　　　　　　4 意外

譯〉 竟然説我欺騙你！那是誤會呀！
1 混亂　　　　　　　　　2 諷刺
3 誤解　　　　　　　　　4 意外

□ **17** 夫は朝から（　　）が悪く、話しかけても返事もしない。

1 元気　　　　　　　　　2 機嫌
3 心理　　　　　　　　　4 礼儀

譯〉 我先生從一早心情就不好，即使向他搭話也沒反應。
1 精神　　　　　　　　　2 心情
3 心理　　　　　　　　　4 禮儀

□ **18** 昔は、地図を作るのに、人が歩いて（　　）を測ったそうだ。

1 角度　　　　　　　　　2 規模
3 幅　　　　　　　　　　4 距離

譯〉 據説以前製作地圖的時候，是靠人步行來量測距離的。
1 角度　　　　　　　　　2 規模
3 寬度　　　　　　　　　4 距離

解題**16**   答案 **(3)**

「誤解／誤解」是指理解錯誤。例句：彼はあまりしゃべらないので誤解
され易い。（他不太開口説話，所以很容易使人誤解）。

選項1「混乱／混亂」是指雜亂、不易區分的樣子。例句：複雑な計算で
頭が混乱した。（複雜的計算讓頭腦變得混亂了）。

選項2「皮肉／諷刺」是指壞心的挖苦對方。例句：部長が君のことを頭
がいいと言ったのは、褒めたのじゃない、皮肉だよ。（經理説你頭腦聰
明可不是讚美，是諷刺啊！）。

選項4「意外／意外」是指和想像的不同。例句：実力者の彼が負けると
は意外だった。（實力堅強的他居然輸了，真讓人意外）。

解題**17**   答案 **(2)**

「機嫌／心情」是指心情、情緒。例句：泣いていた赤ちゃんは、ミルク
をもらって機嫌を直した。（啼哭的嬰兒喝到牛奶後就破涕為笑了）。

選項1「元気／有精神」指健康狀況良好的樣子。例句：「お元気ですか
／您好嗎？」「はい、おかげ様で／我很好，托您的福」。

選項3「心理／心理」是指心理的活動。例句：大学の専攻は犯罪心理学
です。（我大學主修犯罪心理學）。

選項4「礼儀／禮儀」是指身為人應該遵守的行為方式，和向對方表示敬
意的禮數。例句：面接は礼儀正しい態度が大切です。（面試時，端正的
禮儀態度非常重要）。

解題**18**   答案 **(4)**

「距離／距離」是指長度或物品和物品之間的距離。例句：空港から会場
までの距離は何キロですか。（從機場到會場的距離有幾公里？）。

選項1「角度／角度」是指「角／角」的大小。「角」則是指兩條直線交
會的部分。例句：お辞儀の角度は30度です。（鞠躬時的角度為三十度）。

選項2「規模／規模」是指事物的結構大小。例句：予算の関係で、祭り
の規模が縮小された。（受限於預算，因此祭典的規模縮小了）。

選項3「幅／寬度」是指事物的橫向寬度、距離。例句：この川の幅は20
メートルです。（這條河川的寬度是二十公尺）。

□ **19** 次に、なべに沸かしたお湯で、ほうれん草を（　　）。

 1　刻みます　　　　　　　　2　焼きます

 3　炒めます　　　　　　　　4　ゆでます

 譯〉接下來，用鍋裡已經煮沸的熱水來汆燙菠菜。

   1　剁碎　　　　　　　2　烤

   3　炒　　　　　　　　4　汆燙

□ **20** この地方は、気候が大変（　　）で、一年中春のようです。

 1　穏やか　　　　　　　　2　安易

 3　なだらか　　　　　　　4　上品

 譯〉這個地方氣候十分溫和宜人，四季如春。

   1　溫和　　　　　　　2　容易

   3　平穩　　　　　　　4　高級品

解題**19**   答案 **(4)**

「ゆでる／煮」是指用熱水煮。漢字寫作「茹でる／煮」。例如：卵をゆでる（煮雞蛋）。

「煮る／燉」主要是指"用高湯或是有味道的湯汁把食品加熱，用火熬煮"。煮る（燉）＞ゆでる（煮）。

選項1「刻む／切碎」是指切碎。例如：ニンジンを刻む（切碎蘿蔔）。

選項2「焼く／烤」是指點火後燃燒，或是在火上燒烤。例如：紙くずを焼く（燃燒紙屑）、網で魚を焼く（用網子烤魚）。

「炒める／炒」是指用少許的油烹調。例如：ほうれん草を炒める（炒菠菜）。

解題**20**   答案 **(1)**

「穏やか／溫和」是指不激動、平靜的樣子。例句：父はめったに怒らない穏やかな人です。（家父很少生氣，是個溫和的人）。

選項2「安易」指容易的事。或指馬馬虎虎，有負面的意思。例句：お金がないからといって、安易に借金してはいけない。（即使缺錢，也不能輕易向人借錢）。

選項3「なだらか／平穏」主要指斜坡之類的場地坡度小，不陡的樣子。例句：公園から丘の上までなだらかな道が続く。（公園有一條平穏的道路可以通往丘陵）。

選項4「上品／典雅」指品格高尚。↔「下品／下流」。例句：彼女は育ちがよく、ことば使いも上品だ。（她的家教良好，說話用字也很得體）。

□ 21 就職相談を希望する学生は、（　　　）希望日時を就職課で予約すること。

1　そのうち　　　　　　　　　　　2　あらかじめ

3　たびたび　　　　　　　　　　　4　いつの間にか

譯〉 想諮詢有關就業問題的同學，請在預定諮詢的日期之前向就業組預約。
　　　1　不久　　　　　　　　　　　2　預先
　　　3　常常　　　　　　　　　　　4　不知不覺

□ 22 パソコンの操作を間違えて、入力した（　　　）を全て消してしまった。

1　ソフト　　　　　　　　　　　　2　データ

3　コピー　　　　　　　　　　　　4　プリント

譯〉 我用了錯誤的方法操作電腦，把打好的資料全部刪除了。
　　　1　軟體（software 的簡稱）　　2　資料（data）
　　　3　複印（copy）　　　　　　　4　印刷品（print）

「あらかじめ／預先」是"事先、在某事之前"的意思。漢字寫作「予め／預先」。例句：会議の前に予め資料を準備しておく。（在開會前預先準備資料）。

選項1「そのうち／不久後」是"最近、不久"的意思。例句：そのうちまた遊びに来ますよ。（我很快會再來玩的！）。

選項3「たびたび／屢次」是"經常、重複好幾次"的意思。漢字寫作「度々／屢次」。例句：彼はたびたび遅刻をして、注意を受けていた。（他經常遲到，所以被警告了）。

選項4「いつの間にか／不知不覺間」是"沒注意到的期間"的意思。例句：子供はいつの間にか大きくなるものだ。（孩子不知不覺間就長大了）。

解題**22**

「データ／數據」是指基於實驗和觀察的事實，和參考的資料、資訊等。例句：世界の気温について 10 年分のデータを集める。（收集十年來全世界的氣溫數據）。

選項1「ソフト／軟體」是電腦用語，是「ソフトウェア／電腦軟體」的略稱。是指電腦程式等沒有實際形體的東西。↔「ハード／硬體」。例句：この PC には会計のソフトが入っています。（這部電腦灌了會計軟體）。

選項3「コピー／複製」是指抄寫、複印。例句：この資料を 10 部コピーしてください。（請把這分資料複印十份）。

選項4「プリント／列印、講義」是指印刷或印刷品。例句：今からプリントを 3 枚配ります。（現在要分發三張講義）。

翻譯與解題

◎問題5　選項中有和＿＿＿意思相近的詞語。請從選項 1・2・3・4 中選出一個
　　　　最適合的答案。

□ **23** 履歴書に書く長所を考える。

1　好きなこと　　　　　　2　良い点
3　得意なこと　　　　　　4　背の高さ

譯〉思考要寫在履歷表上的長處。
　　　1　喜歡的事　　　　　2　好處、優點
　　　3　擅長的事　　　　　4　身高

□ **24** 公平な判断をする。

1　平凡な　　　　　　　　2　平等な
3　分かりやすい　　　　　4　安全な

譯〉做出公正的判斷。
　　　1　平凡的　　　　　　2　平等的
　　　3　容易的　　　　　　4　安全的

□ **25** 机の上の荷物をどける。

1　しまう　　　　　　　　2　汚す
3　届ける　　　　　　　　4　動かす

譯〉把桌子上的行李移開。
　　　1　收起來　　　　　　2　弄髒
　　　3　送交　　　　　　　4　挪動

解題 **23**　　　　　　　　　　　　　　　　　　　　　　答案 **(2)**

「長所／優點」是指過人之處，人或物的性質優秀的地方。

選項 3「得意／擅長」是指擅長的事物。例句：彼はアメリカ育ちだから英語が得意だ。（他在美國長大，所以擅長英語）。

解題 **24**　　　　　　　　　　　　　　　　　　　　　　答案 **(2)**

「公平な／公平的」是指沒有偏頗或特殊對待部分人士。

「平等な／平等的」是指沒有偏差和歧視，一切都是相等的。例句：男女平等の社会を目指す。（目標是建立男女平等的社會）。

選項 1「平凡な／平凡」是指沒有特別優秀的地方。是 "很常見、普通" 的意思。例句：私は平凡なサラリーマンです。（我是個平凡的上班族）。

選項 3「分かり易い／易懂的」是很容易就能明白的意思。

選項 4「安全な／安全的」是指不危險的意思。

解題 **25**　　　　　　　　　　　　　　　　　　　　　　答案 **(4)**

「どける（退ける）／移開」是指從某個地點移動到其他地點。「どける／移開」帶有 "放在這裡很礙事" 的意思。例句：テレビが見えないから、そのかばんをちょっと退けてくれない？（可以把那個皮包拿走嗎？擋到我看電視了）。

選項 4「動かす／移動」是「動く／移動」的他動詞。例句：ベッドを窓際に動かす。（把床搬到窗戶旁邊）。

選項 1「しまう／收拾」是指整理收拾。

例句：はさみは使ったら元の所にしまっておいてください。（用完剪刀後請放回原位）。

選項 2「汚す／汙染」是指弄髒。例句：お茶をこぼして、新しいスーツを汚してしまった。（茶灑出來了，把新西裝弄髒了）。

選項 3「届ける／提交」是指把東西拿去、送去給對方。例句：近くに住む母に夕飯のおかずを届けます。（把晚餐的配菜送去給住在附近的媽媽）。

□ **26** いきなり肩をたたかれて、びっくりした。

1 突然   2 ちょうど

3 思いきり   4 一回

譯〉肩膀突然被拍了一下，嚇了一跳。

  1 突然   2 剛好

  3 盡情   4 一次

□ **27** 小さなミスが、勝敗を分けた。

1 選択   2 中止

3 失敗   4 損害

譯〉雖然只是小小的錯誤，但還是因此而分出了勝負。

  1 選擇   2 停止

  3 失敗   4 損害

(解題)**26**　　　　　　　　　　　　　　　　　　　　(答案) **(1)**

「いきなり／突然」是表示"忽然、突然間"的副詞。也有直接的意思。

選項 1「突然／突然」的例句：突然、大きな音がして、部屋が真っ暗になった。（突然間傳出很大的聲音，然後房間就暗了下來）。

選項 2「ちょうど／正好」是指"時間或份量沒有過多或不夠"的樣子。例句：今ちょうど 5 時です（現在剛好五點整）、今日は寒くも暑くもなくて、ちょうどいいね（今天不冷也不熱，氣溫正舒適呢）。

選項 3「思い切り／盡情」是"充分的、想要多少就拿多少"的意思。例句：食べ放題の店で思い切り食べた。（在吃到飽的餐廳裡痛快地吃了一頓）。

(解題)**27**　　　　　　　　　　　　　　　　　　　　(答案) **(3)**

「ミス／失誤」是指失敗，過失。英文為 miss。

選項 1「選択／選擇」是指選擇。例句：質問を読んで、正解の番号を選択してください。（請閱讀問題，然後選出正確的答案）。

選項 2「中止／中止」是指中途放棄。例句：試合は雨のため、中止になった。（因為下雨，所以比賽中止了）。

選項 4「損害／損害」是指蒙受虧損、損失。例句：持っている株が下がって、100 万円の損害が出た。（我持有的股票價格下跌，虧損了一百萬圓）。

◎問題6 關於以下詞語的用法，請從選項 1・2・3・4 中選出一個最適合的答案。

□ **28 手間**

1 アルバイトが忙しくて、勉強する手間がない。
2 彼女はいつも、手間がかかった料理を作る。
3 手間があいていたら、ちょっと手伝ってもらえませんか。
4 子どもの服を縫うのは、とても手間がある仕事です。

譯 工夫
　1 因為打工太忙了，沒工夫學習。
　2 她總是做很費工夫的料理。
　3 如果有工夫的話，能幫我一下嗎？
　4 縫製孩子的衣服是很有工夫的工作。

□ **29 就任**

1 大学卒業後は、食品会社に就任したい。
2 一日の就任時間は、8時間です。
3 この会社で10年間、研究者として就任してきました。
4 この度、社長に就任しました木村です。

譯 就任
　1 大學畢業後，我想去食品公司就任。
　2 一天的就任時間是八小時。
　3 在這家公司待的十年期間，我作為研究員就任了。
　4 這一回，就任總經理一職的是木村。

□ **30 見事**

1 彼女の初舞台は見事だった。
2 隣のご主人は、見事な会社の社長らしい。
3 20歳なら、もう見事な大人ですよ。
4 サッカーは世界中で見事なスポーツだ。

譯 精彩
　1 她的首次登台表演非常精彩。
　2 隔壁家的先生似乎是個精彩的公司總經理。
　3 二十歲了，就已經是精彩的大人了哦。
　4 足球是全世界上精彩的運動。

解題 28　　　　　　　　　　　　　　　　　　　　　　**答案 (2)**

「手間／工夫」是指為了完成某事所必要花費的時間和勞力。例句：小さい子供の面倒を見るのは、手間のかかる仕事だ。（照顧年幼的孩子是很耗費心力的工作）。

選項1若填入「暇／空閒」、選項3若填入「手／手」、選項4若填入「手間がかかる／費事」就是正確答案。

解題 29　　　　　　　　　　　　　　　　　　　　　　**答案 (4)**

「就任／就職」是指從事某項工作。例句：大統領に就任する。（總統就職）。

選項1若填入「就職／就任」、選項2若填入「就業／就業」、選項3若填入「勤務／職務」就是正確答案。

解題 30　　　　　　　　　　　　　　　　　　　　　　**答案 (1)**

「見事／卓越」是指非常優秀的樣子，或指鮮豔華麗的意思。例句：この公園の桜並木は実に見事だ。（這座公園夾道的櫻樹真是太漂亮了）。

選項2若填入「大き（な）／大的」、選項3若填入「立派／優秀」、選項4若填入「人気（の）／受歡迎的」就是正確答案。

□ **31** 組み立てる。

1　夏休みの予定を組み立てよう。
2　自分で組み立てる家具が人気です。
3　30歳までに、自分の会社を組み立てたい。
4　長い上着に短いスカートを組み立てるのが、今年の流行だそうだ。

譯〉 組裝

1　我們來組裝暑假的計畫吧！
2　自己動手組裝（DIY）的傢俱很受歡迎。
3　三十歲前想組裝自己的公司。
4　據說今年很流行長版上衣組裝短裙。

□ **32** ずっしり。

1　リーダーとしての責任をずっしりと感じる。
2　帰るころには、辺りはずっしり暗くなっていた。
3　緊張して、ずっしり汗をかいた。
4　このスープは、ずっしり煮込むことが大切です。

譯〉 沉重的

1　沉重地感受到了身為隊長責任。
2　回去的時候，周圍變得沉重的黑暗。
3　因為很緊張，沉重的出了汗。
4　這個湯沉重的煮十分重要。

(解題)**31**

「組み立てる／組裝」是指“組合製成一樣物品”。例句：部品を買って
きて、自分でラジオを組み立てた。（我買回零件，自己組裝了一台收音
機）。

選項1若填入「立て（よう）／（試著）計畫」、選項3若填入「作り（た
い）／（想）成立」、選項4若填入「組み合わせる／搭配」就是正確答案。

(解題)**32**

答案 (1)

「ずっしり／沉重」是物品很重的樣子。另外也指很多的樣子。例句：男
のポケットには金貨がずっしり詰まっていた。（那名男子的口袋裡塞滿
了沉甸甸的金幣）。

選項2若填入「すっかり／完全」、選項3若填入「びっしょり／濕透」、
選項4若填入「じっくり／仔細」就是正確答案。

 翻譯與解題

◎問題1 ＿＿＿中的詞語讀音應為何？請從選項1・2・3・4中選出一個最適合的答案。

□ **1** 平日(へいじつ)は、夜(よる)9時(じ)まで営業(えいぎょう)しています。

   1 へいにち   2 へいひ

   3 へいび   4 へいじつ

譯〉 我們平時營業到晚上九點。
    1 ✕   2 ✕
    3 ✕   4 平日

□ **2** 上着(うわぎ)をお預(あず)かりします。

   1 うえぎ   2 うわぎ

   3 じょうき   4 じょうぎ

譯〉 容我為您保管外套。
    1 ✕   2 上着（外套）
    3 蒸気（蒸氣）   4 定規（尺）

□ **3** ベランダの花(はな)が枯(か)れてしまった。

   1 かれて   2 これて

   3 ぬれて   4 ゆれて

譯〉 陽台的花已經枯萎了。
    1 枯れて（枯萎）   2 ✕
    3 濡れて（淋溼）   4 揺れて（搖動）

(解題)**1**　　　　　　　　　　　　　　　　　　　　　　　(答案)**(4)**

「平日／平日」是指星期一到星期五。也就是星期六日、國定假日以外的
日子。

平的念法有ビョウ・ヘイ／たい - ら・ひら。例如：平等（平等）、平和（和
平）、平らな道（平坦的道路）、平仮名（平假名）。

日的念法有ニチ・ジツ／ひ・か。例如：日時（日期與時間）、先日（前幾天）、
日にち（日子）、三月十日（三月十日）。

※ 特殊念法：明日（明天）的念法有あした／あす／みょうにち，昨日（昨
天）的念法有きのう／さくじつ，今日（今天）的念法有きょう／こんに
ち／こんじつ，一日（一號）唸作ついたち，二十日（二十號）唸作はつか。

(解題)**2**　　　　　　　　　　　　　　　　　　　　　　　(答案)**(2)**

「上着／外衣、上衣」是指穿著多件衣服時，最外面的那件。也指分成上
下身衣服的上面那件。

上的念法有ジョウ／うえ・うわ・あ - げる・あ - がる・のぼ - る。例如：
上下（上下）、目上（長輩）、上履き（拖鞋）、持ち上げる（抬起）、
立ち上がる（起立）、階段を上る（上樓梯）。

着的念法有チャク／き - る・き - せる・つ - く・つ - ける。例如：到着（到
達）、シャツを着る（穿襯衫）、子供に服を着せる（幫小孩穿衣服）、
駅に着く（抵達車站）。

「十／十」、「住／住」、「重／重」皆念作「ジュウ」，兩拍。

(解題)**3**　　　　　　　　　　　　　　　　　　　　　　　(答案)**(1)**

「枯れる／枯死、枯衰」是指植物死亡。另外也指失去水分而變得乾燥。

其他選項的漢字：選項 3 濡れる（弄濕）、選項 4 揺れる（搖晃）。

枯的念法有コ／か - れる。例句：井戸の水が枯れる（井裡的水乾涸了）。

□ **4** あとで事務所に来てください。

　　1　じむしょう　　　　　　2　じむしょ

　　3　じむじょう　　　　　　4　じむじょ

　　譯〉稍後請你到辦公室來。
　　　　1　×　　　　　　　　　2　辦公室
　　　　3　×　　　　　　　　　4　×

□ **5** 月に1回、クラシック音楽の雑誌を発行している。

　　1　はつこう　　　　　　2　はっこう

　　3　はつぎょう　　　　　　4　はっぎょう

　　譯〉每個月發行一次古典音樂雜誌。
　　　　1　×　　　　　　　　　2　發行
　　　　3　×　　　　　　　　　4　×

解題 4   答案 (2)

　　「事務所／事務所」是指處理事務的地方，也稱作辦公室。「事務／行政
工作」是指在公司之類的機構裡主要是坐辦公桌的工作。

事的唸法有ジ／こと。例如：大事（重要）、物事（事物）。

務的唸法有ム／つと-める。例如：公務（公務）、クラス委員を務める（擔
任班長）。

所的唸法有ショ／ところ。例如：長所（優點）、友達の所へ行く（去朋
友家）。

解題 5   答案 (2)

　　「発行／發行」是指將書或雜誌、報紙等等印刷出版。

発唸作ハツ。例如：発音（發音）、発見（發現）、出発（出發）。

行的唸法有コウ・ギョウ／い-く・ゆ-く・おこな-う。例如：行動（行動）、
行事（活動）、学校へ行く（去學校）、新宿行きのバス（開往新宿的巴士）、
試験を行う（舉行考試）。

◎問題2 ＿＿＿中的詞語漢字應為何？請從選項1・2・3・4中選出一個最適合的答案。

□ **6** きけんです。中^{なか}に入^{はい}ってはいけません。

   1 危検   2 危験

   3 危険^{き けん}   4 危研

  譯〉 裡面太危險了，不可以進去。

    1 ×   2 ×

    3 危險   4 ×

□ **7** 階段^{かいだん}でころんで、けがをした。

   1 回んで   2 向んで

   3 転んで^{ころ}   4 空んで

  譯〉 從樓梯上摔下來，受傷了。

    1 ×   2 ×

    3 摔落   4 ×

□ **8** では、建築家^{けんちく か}の吉田先生^{よし だ せんせい}をごしょうかいします。

   1 紹介^{しょうかい}   2 招会

   3 招介   4 紹会

  譯〉 接下來，我來介紹一下建築師吉田先生。

    1 介紹   2 ×

    3 ×   4 ×

解題**6**　　　　　　　　　　　　　　　　　　　　　

「危険／危險」是指危險。常用於指危險的工作、危險人物等。

危的念法有キ／あぶ‐ない　あや‐うい　あや‐ぶむ。

険唸作ケン。

選項1「検」ケン。例如：検査（檢查）。

選項2「験」的念法有ケン・ゲン。例如：経験（經驗）。

選項4「研」的念法有ケン／と‐ぐ。例如：研究（研究）。

解題**7**　　　　　　　　　　　　　　　　　　　　　答案 **(3)**

「転ぶ／倒」是指倒下、跌倒。

転的念法有テン／ころ‐がる　ころ‐がす　ころ‐ぶ。例如：自転車（自行車）。

選項1「回」的念法有カイエ／まわ‐るまわ‐す。例如：回転（旋轉）、地球が回る（地球自轉）。

選項2「向」的念法有コウ／む‐かう　む‐く　む‐けるむ‐こう。例如：方向（方向）、駅に向かう（前往車站）。

選項4「空」的念法有クウ／あ‐く　あ‐ける　から　そら。例如：空港（機場）、席が空く（座位空出來了）。

解題**8**　　　　　　　　　　　　　　　　　　　　　答案 **(1)**

「紹介／介紹」是指在兩人間牽線，也指給予情報。例句：商品を紹介する。（介紹商品）。

紹唸作ショウ。

介唸作カイ。

選項2、3「招」的念法有ショウ／まね‐く。例如：招待する（招待）。

□ **9** このタオル、まだしめっているよ。

　　1　閉って　　　　　　　　　2　温って
　　　しま

　　3　参って　　　　　　　　　4　湿って
　　　まい　　　　　　　　　　　　しめ

　譯〉 這條毛巾還很濕哦。
　　　　1　關閉　　　　　　　　2　×
　　　　3　×　　　　　　　　　4　濕

□ **10** これで、人生５度目のしつれんです。
　　　　　　　じんせい　ど　め

　　1　矢変　　　　　　　　　　2　失変

　　3　矢恋　　　　　　　　　　4　失恋
　　　　　　　　　　　　　　　　　しつれん

　譯〉 這是我人生中第五次失戀了。
　　　　1　×　　　　　　　　　2　×
　　　　3　×　　　　　　　　　4　失戀

(解題)**9**

(答案)(4)

「湿る／潮濕」是指水分很多，濕潤的意思。

湿的念法有シツ／しめ‐る　しめ‐す。例如：湿度（濕度）。

選項1「閉」的念法有ヘイ／し‐める　し‐まる　↔「開／打開」。

選項2「温」的念法有オン／あたた‐かい。

選項3「参」的念法有サン／まい‐る。

(解題)**10**

(答案)(4)

「失恋／失戀」是指愛情不被對方接受。

失的念法有シツ／うしな‐う。

恋的念法有レン／こい。例如：恋人（戀人）。

選項1、3「矢」的念法有シ／や。例如：弓と矢（弓與箭）。

選項1、2「変」的念法有ヘン／か‐わる　か‐える。例如：変化（變化）。

◎問題 3 （　　　）中的詞語應為何？請從選項 1・2・3・4 中選出一個最適合的答案。

□ **11** 外交（　）になるための試験に合格した。

1 家　　　　　　2 士　　　　　　3 官　　　　　　4 業

譯〉我通過了外交官的錄取考試。

　　1 家　　　　　　　　　　2 士
　　3 官　　　　　　　　　　4 業

□ **12** 誕生日に父から、スイス（　）の時計をもらった。

1 型　　　　　　2 用　　　　　　3 製　　　　　　4 産

譯〉生日當天，我收到了父親送的瑞士製手錶。

　　1 型　　　　　　　　　　2 用
　　3 製　　　　　　　　　　4 産

□ **13** 景気が回復して、失業（　）が 3%台まで下がった。

1 率　　　　　　2 度　　　　　　3 割　　　　　　4 性

譯〉景氣復甦後，失業率降到了百分之三左右。

　　1 率　　　　　　　　　　2 度
　　3 成　　　　　　　　　　4 性

□ **14** うちの父と母は、（　　　）反対の性格です。

1 超　　　　　　2 両　　　　　　3 完　　　　　　4 正

譯〉我父親和母親的個性完全相反。

　　1 超　　　　　　　　　　2 雙
　　3 完　　　　　　　　　　4 正

□ **15** この事件に（　　　）関心だった私たちにも責任がある。

1 不　　　　　　2 無　　　　　　3 未　　　　　　4 低

譯〉對這件事漠不關心的我們也有責任。

　　1 不　　　　　　　　　　2 無
　　3 未　　　　　　　　　　4 低

解題**11**　　　　　　　　　　　　　　　　　　　答案 **(3)**

「外交官／外交官」是指派駐在國外並從事外交工作的人。

「～官／～官」的例子：「警察官／警察」、「裁判官／法官」。

選項 1 政治家（政治家）、選項 2 消防士（消防員）、選項 4 製造業（製造業）。

解題**12**　　　　　　　　　　　　　　　　　　　答案 **(3)**

「（国名・会社名）製／（國家名・公司名）製」的意思是某物品是由某個國家、公司所製造的。另外，「（材料）製／（材料）製」的意思是某物品是由某種材料製造而成的。

「～製／～製」的例子：「アメリカ製／美國製」、「金属製／金屬製」。

選項 1 新型（新型）、選項 2 家庭用（家庭用）、選項 4 アメリカ産（美國生產）。

※「～製／～製」用於指車子或服裝等製品，選項 4「～産／～產」用於指蔬菜或肉類等產物。

解題**13**　　　　　　　　　　　　　　　　　　　答案 **(1)**

「～率／～率」表示比率。

「～率／～率」的例子：「合格率／合格率」、「成功率／成功率」。

選項 2 完成度（完成度）、選項 3　2割（兩成）意思是 20％。選項 4 生產性（生產率）。

解題**14**　　　　　　　　　　　　　　　　　　　答案 **(4)**

「正～／正～」是「ちょうど～／剛好～」的意思。

「正～」的例子：「正比例／正比」、「正三角形／正三角形」。

選項 1 超満員（爆滿）、選項 2 両側（兩側）、選項 3 完成（完成）。

解題**15**　　　　　　　　　　　　　　　　　　　答案 **(2)**

「無～／無～」表示沒有「～」的部分。

「無～／無～」的例子：「無意識／無意識」、「無責任／不負責任」。

選項 1 不自然（不自然）、選項 3 未確認（未確認）、選項 4 低価格（低價格）。

翻譯與解題

◎問題 4 （　　　　）中的詞語應為何？請從選項 1・2・3・4 中選出一個最適合的答案。

□ **16** 一人暮らしで、病気になっても（　　）してくれる家族もいない。

1 診察　　　　　　　　　　2 看病
3 管理　　　　　　　　　　4 予防

譯▷ 我一個人生活，即使生病也沒有家人能照顧我。

　　1 診察　　　　　　　　2 看護
　　3 管理　　　　　　　　4 預防

□ **17** 得意な（　　）は、数学と音楽です。

1 科目　　　　　　　　　　2 成績
3 専攻　　　　　　　　　　4 単位

譯▷ 拿手的科目是數學和音樂。

　　1 科目　　　　　　　　2 成績
　　3 主修　　　　　　　　4 學分

□ **18** 今年のマラソン大会の参加者は過去最高で、その数は 4 万人に（　　）。

1 足した　　　　　　　　　2 加わった
3 達した　　　　　　　　　4 集まった

譯▷ 今年參加馬拉松大賽的跑者是歷年來最多的一次，總共高達四萬人。

　　1 補了　　　　　　　　2 加入了
　　3 達到了　　　　　　　4 集合了

解題**16**

「看病」是指照顧生病的人，看護。例句：高熱を出した時、友達が一晩中看病してくれました。（我發高燒的時候，朋友照顧我一整夜）。

選項1「診察／診察」是指醫生幫病患看診。例句：手術の前に、もう一度診察をします。（手術之前再檢查了一次）。

選項3「管理／管理」是指使之保持良好的狀態。例句：健康管理のため、食事に気をつけている。（為了做好健康管理而十分注重飲食）。

選項4「予防／預防」是指"為了避免發生不好的事情而預先防範"。例句：インフルエンザの予防注射をしました。（施打了流感疫苗）。

解題**17** 答案 **(1)**

「科目／科目」是大學和高中的學科單位。例句：選択科目を4つ選びます。（我要選四門選修科目）。

選項2「成績／成績」是結束時的成果。特別指學業或考試的成果。例句：今学期はよく勉強したので、成績が上がった。（因為這學期很努力學習，所以成績進步了）。

選項3「専攻／主修」是專門學習某一種學術領域。例句：大学では遺伝子工学を専攻しました。（當時在大學裡主修基因工程學）。

選項4「単位／學分」表示在大學等處的學習量。一般而言，「単位／單位」的意思是長度的單位「メートル／公尺」或重量的單位「グラム／公克」等等。例句：卒業には44単位の取得が必要です。（需要修完四十四個學分才能畢業）。

解題**18** 答案 **(3)**

「達する」是"到達某個地點、某種程度"的意思。例句：津波は川をさかのぼって商店街に達した。（海嘯導致河水倒灌，淹沒了商店街）。

選項1「足す／添加」是加上的意思。例句：スープに塩を足す。（把鹽加進湯裡）。

※ 3＋2＝5念作「さんたすにはご」。

選項2「加わる／增加」是增加、參加的意思，是自動詞。他動詞為「加える／加上」。例句：このチームに今日から新しいメンバーが加わります。（這支隊伍從今天起有新成員加入）。

選項4「集まる／聚集」是指很多事物集合到一處。例句：みなさん、2時に正門に集まってください。（各位同學，請在兩點於正門集合）。

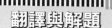 
□ **19** オレンジを（　　）、ジュースを作^{つく}る。

1　しぼって　　　　　　　　　2　こぼして

3　溶^とかして　　　　　　　　4　蒸^むして

譯〉 榨柳丁製成果汁。
　　　1　榨　　　　　　　　　2　洒
　　　3　溶化　　　　　　　　4　蒸

□ **20** みんな疲^{つか}れているのに、自分^{じ ぶん}だけ楽^{らく}な仕事^{し ごと}をして、彼^{かれ}は（　　）。

1　ゆるい　　　　　　　　　　2　つらい

3　しつこい　　　　　　　　　4　ずるい

譯〉 大家都很辛苦，卻只有他一個人做輕鬆的工作，還真是狡猾。
　　　1　鬆弛　　　　　　　　　2　辛苦
　　　3　執拗　　　　　　　　　4　狡猾

解題**19**　　　　　　　　　　　　　　　　　　　　答案 **(1)**

「しぼる／擰」是指施加力量將其中的水分擠出。漢字寫作「絞る」。例如：
洗濯物をしぼる。（擰乾洗好的衣服）。

選項2「こぼす／溢出」是指漏出了液體或粉末。例句：プリントにコー
ヒーをこぼしてしまった。（咖啡灑到了影印紙上）。

「溶かす／使之融化、使之溶化、使之熔化」是固體變成液體的過程，也
指將某物加入其他的物質中，使其變成液體，是自動詞，他動詞為「溶け
る／融化、溶化、熔化」。例句：氷を溶かす。紅茶に砂糖を溶かす。（把
冰融化。把糖加進紅茶裡攪溶）。

選項4「むす／蒸」是指透過熱氣加熱。熱氣是由熱水之類的液體散發出
來的水蒸氣。漢字寫作「蒸す／蒸」。例如：饅頭を蒸す。（蒸包子）。

解題**20**　　　　　　　　　　　　　　　　　　　　答案 **(4)**

「ずるい／狡猾」是用於形容 "使出巧計好讓怠惰的自己獲得利益的人格
特質" 的詞語。例句：みんな並んでいるんですよ。途中から入るのはず
るいです。（大家都在排隊哦！插隊是狡猾的行為）。

選項1「ゆるい／寬鬆的、緩和的」是指不憋、不緊的樣子。也指不急速
的樣子。漢字寫作「緩い／寬鬆的、緩和的」。例句：このくつはゆるくて、
すぐ脱げる。（這雙鞋很鬆，就快要掉了）。

選項2「つらい／艱苦的」指痛苦、無法忍耐的難受感覺。例句：彼は両
親を失い、辛い子供時代を送った。（他失去了父母，度過了艱苦的童年）。

選項3「しつこい／執拗、濃豔」是指死纏著不走，造成別人困擾、煩人
的樣子。也指味道或色彩過度濃烈。例句：別れた彼がしつこくメールを
してくるので困っています。（已經分手了的男友還一直傳訊息給我，不
知道該怎麼辦）。

□ **21** 彼は（　）になった古い写真を、大切そうに取り出した。

1　ぽかぽか　　　　　　2　ぼろぼろ

3　こつこつ　　　　　　4　のびのび

譯〉他小心翼翼地取出破破爛爛的舊照片。
1　暖和　　　　　2　破破爛爛
3　埋頭苦幹　　　4　悠然自得

□ **22** 消費者の（　）に合わせた商品開発が、ヒット商品を生む。

1　サービス　　　　　　2　プライバシー

3　ニーズ　　　　　　　4　ペース

譯〉為貼合消費者需求而研發新商品，於是這項大受好評的商品誕生了。
1　服務（service）　　2　隱私（privacy）
3　需求（needs）　　　4　步調（pace）

「ぼろぼろ／破破爛爛」是指物品變舊而殘破或脆弱的樣子。例句：この靴はもう何年も履いているのでぼろぼろです。（這雙鞋穿了好幾年，已經變得破破爛爛的）。

選項1「ぽかぽか／暖和」指溫暖、舒適宜人的樣子。例句：温泉に入って、体がぽかぽかしています。（浸入溫泉，身體暖烘烘的）。

選項3「こつこつ／踏實」是指努力工作時，不著急、一步一步踏實前進的樣子。例句：これは私が10年かけてこつこつ貯めたお金です。（這是我整整花了十年存下來的錢）。

選項4「のびのび／自由自在」是指自由、悠然自得的樣子。漢字是「伸び伸び／自由自在」。例句：子供は田舎でのびのび育てたい。（想讓孩子在鄉下無拘無束地長大）。

「ニーズ／需求」是必要、需要的意思。例句：この制度は一人暮らしの高齢者のニーズに応えたものです。（這個制度是為滿足獨居老人的需求）。

選項1「サービス／服務」是指商店裡的打折優惠，或指滿足客人的需求。例句：3つ買ってくれたら、もう一つサービスしますよ。（如果您購買三個，就再免費贈送一個！）。

選項2「プライバシー／隱私」是指個人私生活方面的自由。例句：芸能人はプライバシーがないも同然だ。（藝人簡直沒有隱私可言）。

選項4「ペース／步調」是指步伐、走路或做事的速度。例句：締め切りが近いので、もう少し仕事のペースを上げてください。（由於截止日期將近，請將工作效率再提高一點）。

◎問題 5　選項中有和____意思相近的詞語。請從選項 1・2・3・4 中選出一個
最適合的答案。

□ **23 出かける支度をする。**

1　準備　　　　　　　　　2　予約
3　支払い　　　　　　　　4　様子

譯〉準備出門。
　　1　準備　　　　　　　2　訂位
　　3　付款　　　　　　　4　樣子

□ **24 小さかった弟は、たくましい青年に成長した。**

1　心の優しい　　　　　　2　優秀な
3　力強い　　　　　　　　4　正直な

譯〉當時年幼的弟弟已經成長為一個健壯的青年了。
　　1　溫柔　　　　　　　2　優秀
　　3　強勁矯健　　　　　4　誠實

□ **25 国際社会に貢献する仕事がしたい。**

1　参加する　　　　　　　2　輸出する
3　役に立つ　　　　　　　4　注目する

譯〉想從事能為國際社會貢獻的工作。
　　1　參加　　　　　　　2　出口
　　3　助益　　　　　　　4　注目

解題**23**　　　　　　　　　　　　　　　　　　　　　答案**(1)**

「支度／準備」是指做某事之前的準備、計畫等等。

選項1「準備／準備」是指要做某事之前的整頓。例句：パーティーの準備をする。（準備派對）。

選項2「予約／預約」是指做某事之前先約定。例句：ホテルを予約する。（預訂飯店）。

選項3「支払い／支付」是指付款。例句：月末に家賃の支払いをする。（月底要付房租）。

選項4「様子／樣子」表示狀況或理由。例句：農村の生活の様子を報告する。（報告農村生活的情況）。

解題**24**　　　　　　　　　　　　　　　　　　　　　答案**(3)**

「逞しい／強壯、堅強」是指力量大、結實。也指氣勢或意志力強大。

選項3「力強い／強勁矯健」的例句：彼は、私に任せてくださいと力強く言った。（他堅定地說：『請交給我』）。

選項4「正直な／正直的」是指心端正坦率、不欺瞞。例句：教室の時計を壊した人は正直に言いなさい。（打破教室的時鐘的同學，請誠實自首）。

解題**25**　　　　　　　　　　　　　　　　　　　　　答案**(3)**

「貢献する／貢獻」是指為某事盡心盡力。

選項3「役に立つ／有幫助」是指為某件事貢獻的力量相當充分。例句：災害の時は、情報を得るためにラジオが役に立った。（災害發生時，收音機在獲得資訊方面派上了用場）。

選項1「参加する／參加」是指成為夥伴、參加活動和集會。例句：週末のカラオケ大会に参加しませんか。（你要來參加週末的卡拉OK大賽嗎？）。

選項2「輸出する／出口」是指商品從國內運送到國外販賣。↔「輸入／進口」。例句：日本のおいしい果物は世界中に輸出されています。（日本的美味水果外銷全世界）。

選項4「注目する／注目」是指仔細看，或是提醒留意。例句：はい、みなさん、こちらの画面に注目してください。（來，請大家仔細看這個畫面）。

□ **26** ウソをついても、いずれ分かることだよ。

1 いつかきっと	2 今すぐに
3 だんだん	4 初めから終わりまで

譯〉就算現在說謊，遲早會被拆穿的。

1 總有一天會	2 現在馬上
3 漸漸的	4 從頭到尾

□ **27** 急いでキャンセルしたが、料金の 30％も取られた。

1 変更した	2 予約した
3 書き直した	4 取り消した

譯〉雖然急忙取消了，但還是被收了百分之三十的費用。

1 更改了	2 訂位了
3 重寫了	4 取消了

「いずれ／最近、反正」是副詞，表示不久後的將來。也含有 "避不開這種事態" 的意思。

選項 3「だんだん／逐漸」是副詞，表示漸漸的、一點一點慢慢的。例句：夕方になって、だんだん暗くなってきたね。（到了傍晚，天色漸漸暗了下來）。

解題 27   答案 (4)

「キャンセルする／取消」是放棄契約或預約，解約的意思。

選項 4「取り消す／撤銷」是指把說過的話或記下的事當作沒發生過。例句：大臣は問題になった発言を取り消した。（部長撤回了引發風波的言論）。

選項 1「変更する／變更」指改變、修改。例句：雨のため、午後の予定を変更します。（因為下雨了，所以更變了下午的行程）。

選項 2「予約する／預約」是指做某事之前的約定。例句：レストランを予約する。（預訂餐廳）。

選項 3「書き直す／改寫」是指修改曾經寫過的東西。例句：君の作文は間違いだらけ。明日までに書き直しなさい。（你的作文錯誤百出。請在明天之前重寫一遍）。

◎問題6　關於以下詞語的用法，請從選項1・2・3・4中選出一個最適合的答案。

□ **28 発明**
1　太平洋沖で、新種の魚が発明されたそうだ。
2　レオナルド・ダ・ヴィンチは、画家としてだけでなく、発明家としても有名だ。
3　彼が発明する歌は、これまですべてヒットしている。
4　新しい薬の発明には、莫大な時間と費用が必要だ。

譯〉發明
　　1　據説在太平洋海域發明了新品種的魚。
　　2　李奧納多・達文西不只是畫家，也是一位家喻戶曉的發明家。
　　3　他發明的歌曲至今仍大受歡迎。
　　4　發明新藥需要耗費大量的時間和金錢。

□ **29 往復**
1　手術から2カ月、ようやく体力が往復してきた。
2　習ったことは、もう一度往復すると、よく覚えられる。
3　家と会社を往復するだけの毎日です。
4　古い写真を見て、子どものころを往復した。

譯〉往返
　　1　開刀兩個月後，體力終於往返了。
　　2　學過的東西只要往返一次，就能好好記住了。
　　3　每一天都只在住家和公司之間往返。
　　4　看了舊時的照片，往返了孩提時代。

□ **30 険しい**
1　彼はいま金持ちだが、子どものころの生活はとても険しかったそうだ。
2　最近は、親が子を殺すような、険しい事件が多い。
3　そんな険しい顔をしないで。笑った方がかわいいよ。
4　今日は夕方から険しい雨が降るでしょう。

譯〉凶狠
　　1　雖然他現在是個富翁，但聽説他小時候的生活非常凶狠。
　　2　最近頻頻傳出父母弒子這類凶狠的案件。
　　3　不要露出那麼凶狠的表情。你還是露出笑容比較可愛哦！
　　4　今天從傍晚開始會下起凶狠的雨吧。

(解題)**28**　　　　　　　　　　　　　　　　　　　　　　　(答案)**(2)**

「発明／發明」是指構思出新的機械或道具，或是方法、技術等。例句：
電話がベルによって発明された。（電話的發明人是貝爾）。
選項１應填入「発見／發現」、選項３應填入「発表、発売／發表、發售」、
選項４應填入「開発／開發」才是合適的詞語。

(解題)**29**　　　　　　　　　　　　　　　　　　　　　　　(答案)**(3)**

「往復／往返」是指去程和回程，去和回。例句：東京から横浜まで往復
で 1000 円くらいかかります。（從東京到橫濱往返需要一千圓左右）。
選項１應填入「回復／回覆」、選項２應填入「復習／複習」、選項４應
填入「思い出（した）／想起來（了）」才是合適的詞語。

(解題)**30**　　　　　　　　　　　　　　　　　　　　　　　(答案)**(3)**

「険しい／險峻」是指山勢等地形陡峭，很難攀登的樣子。也指表情或説
話用詞刻薄的樣子。例句：険しい山道を２時間歩くと山小屋があります。
（在險峻的山路上走兩個小時就會抵達山間小屋）。
選項１應填入「厳しかった／嚴厲」、選項２應填入「恐ろしい／可怕」、
選項４應填入「激しい／激烈」才是合適的詞語。

□ **31 掴む**

1　やっと掴んだこのチャンスを無駄にするまいと誓った。
2　彼はその小さな虫を、指先で掴んで、窓から捨てた。
3　このビデオカメラは、実に多くの機能を掴んでいる。
4　予定より 2 時間も早く着いたので、喫茶店で時間を掴んだ。

譯〉掌握

1　我發誓絕不會浪費這個好不容易才掌握的機會。
2　他用指尖掌握那隻小蟲，扔出了窗外。
3　這架攝影機實在掌握很多功能。
4　因為比預定還早兩個小時抵達，所以我在咖啡廳裡掌握時間。

□ **32 わざわざ**

1　小さいころ、優しい兄は、ゲームでわざわざ負けてくれたものだ。
2　彼の仕事は、わざわざ取材をして、記事を書くことだ。
3　わざわざお茶を入れました。どうぞお飲みください。
4　道を聞いたら、わざわざそこまで案内してくれて、親切な人が多いですね。

譯〉特地

1　小時候，我那貼心的哥哥會在玩遊戲時特地輸給我。
2　他的工作是特地採訪、撰寫文章。
3　我還特地泡了茶，您請用茶。
4　向人問路的時候，有不少親切的人甚至特地帶我去那裡。

解題**31** 答案 **(1)**

「掴む／掌握」是指用手握住物品。也有"將某物據為己有"、"理解某事"的意思。例句：女の子はお母さんのスカートを掴んで離さなかった。（當時小女孩抓著媽媽的裙擺不肯放開）。

選項２應填入「つまんで／捏」、選項３應填入「備えて／具備」、選項４應填入「潰した／弄壞」才是合適的詞語。

解題**32** 答案 **(4)**

「わざわざ／特地」是副詞，意思是為了某事而特別這麼做。例句：普段の服でよかったのに、今日のためにわざわざスーツを買ったの？（穿平常的衣服就好了啊，你為了今天還特地買了西裝嗎？）。

選項１應填入「わざと／故意」。

※「わざわざ／特意」是強調"為完成某事所花費的時間、勞力、金錢"的説法，因此選項２和３填入「わざわざ／特意」不適當，這是很沒禮貌的説法，請特別小心。

翻譯與解題

問題一
第 **1-5** 題

◎問題1　____中的詞語讀音應為何？請從選項1・2・3・4中選出一個最適合的答案。

□ **1** 駅前_{えきまえ}の広場_{ひろば}で、ドラマの撮影_{さつえい}をしていた。

　　 1　こうば　　　　 2　こうじょう　　 3　ひろば　　　　 4　ひろじょう

　　 譯〉在車站前的廣場，拍攝了電視劇。
　　　　 1　工場（工廠）　　　　　　 2　工場（工廠）
　　　　 3　広場（廣場）　　　　　　 4　×

□ **2** 君_{きみ}のお姉_{ねえ}さんは本当_{ほんとう}に美人_{びじん}だなあ！

　　 1　おあねさん　　 2　おあにさん　　 3　おねいさん　　 4　おねえさん

　　 譯〉你的姐姐真是位大美人啊！
　　　　 1　×　　　　　　　　　　　 2　×
　　　　 3　×　　　　　　　　　　　 4　姐姐

□ **3** このスープ、ちょっと薄_{うす}いんじゃない？

　　 1　まずい　　　　 2　ぬるい　　　　 3　こい　　　　　 4　うすい

　　 譯〉這個湯味道是不是有點淡？
　　　　 1　不味い（不好吃）　　　　 2　温い（溫的）
　　　　 3　濃い（濃的）　　　　　　 4　薄い（清淡的）

□ **4** 私_{わたし}の先生_{せんせい}は、毎日宿題_{まいにちしくだい}を出_だします。

　　 1　しゅくたい　　 2　しゅくだい　　 3　しゅうくたい　 4　しゅうくだい

　　 譯〉我的老師每天都會出作業。
　　　　 1　縮退（衰退）　　　　　　 2　宿題（作業）
　　　　 3　×　　　　　　　　　　　 4　×

□ **5** 子供_{こども}のころは、虫取_{むしと}りに熱中_{ねっちゅう}したものだ。

　　 1　ねじゅう　　　 2　ねつじゅう　　 3　ねっちゅう　　 4　ねつじゅう

　　 譯〉我小時候很熱衷於捕蟲。
　　　　 1　×　　　　　　　　　　　 2　×
　　　　 3　熱衷　　　　　　　　　　 4　×

(解題)**1**　　　　　　　　　　　　　　　　　　　　　　　　　　　　　　　　**答案** (3)

「広場／廣場」是指城鎮中寬廣的地方。

広的念法有コウ／ひろ‐い・ひろ‐める・ひろ‐がる・ひろ‐げる。例如：広告（廣告）、広い庭（寬廣的庭院）、噂を広める（傳播謠言）、火事が広がる（火災蔓延）、傘を広げる（撐開傘）。

(解題)**2**　　　　　　　　　　　　　　　　　　　　　　　　　　　　　　　　**答案** (4)

「お姉さん／姐姐」是「姉／姐」的口語型。兄弟姊妹的説法是：稱呼年長者為「お兄さん／哥哥」、「お姉さん／姐姐」，稱呼年幼者為「弟／弟弟」、「妹／妹妹」。

姉的念法有シ／あね。

例如：妹（姐妹）。

(解題)**3**　　　　　　　　　　　　　　　　　　　　　　　　　　　　　　　　**答案** (4)

「薄い／淡、薄」是指色彩或味道等比例不足的樣子。或厚度不夠。↔「濃い／濃」。

選項1「不味い／難吃」、選項2「温い／溫」、選項3「濃い／濃」。

薄的念法有ハク／うす‐い。例如：薄い布団（薄棉被）、薄い茶色の目（淺棕色的眼睛）。

(解題)**4**　　　　　　　　　　　　　　　　　　　　　　　　　　　　　　　　**答案** (2)

「宿題／作業」是指為了預習或複習學校的課業，因而在家做的功課。

宿的念法有シュク／やど。例如：下宿（寄宿）、海の見える宿（擁有海景的旅舘）。

(解題)**5**　　　　　　　　　　　　　　　　　　　　　　　　　　　　　　　　**答案** (3)

「熱中／熱衷」是指集中心力做某事、沉迷於某事。

熱的念法有ネツ／あつ‐い。例如：熱心（熱心）、熱がある（發燒）、熱いコーヒー（熱咖啡）。

翻譯與解題

◎問題2 ＿＿＿中的詞語漢字應為何？請從選項１・２・３・４中選出一個最適合的答案。

□ **6** しんぶん配達^{はいたつ}のアルバイトをしています。

　　1　親聞　　　　　　　　　2　新聞^{しんぶん}

　　3　新関　　　　　　　　　4　親関

譯〉我的兼差工作是配送報紙。
　　　1　✕　　　　　　　　2　報紙
　　　3　✕　　　　　　　　4　✕

□ **7** さいふを落^おとしました。1000 円^{えん}かしていただけませんか。

　　1　貸して　　　　　　　　2　借して

　　3　背して　　　　　　　　4　貸^かして

譯〉我把錢包弄丟了。你能先借我一千圓嗎？
　　　1　✕　　　　　　　　2　✕
　　　3　✕　　　　　　　　4　借我

□ **8** しょうぼう車^{しゃ}がサイレンを鳴^ならして、走^{はし}っている。

　　1　消防^{しょうぼう}　　　　　　　2　消法

　　3　消忙　　　　　　　　　4　消病

譯〉消防車響著警笛奔馳而去。
　　　1　消防　　　　　　　　2　✕
　　　3　✕　　　　　　　　4　✕

解題6 　　　　　　　　　　　　　　　　　　**答案** (2)

「新聞配達／送報」是將「新聞／報紙」分送到各個家庭的工作。

新的念法有シン／あたら‐しい・あら‐た・にい。例如：新幹線（新幹線）、新しい本（新書）、新たな出発（新的旅程）。

聞的念法有ブン・モン／き‐く・き‐こえる。例如：新聞社（報社）、講義を聞く（聽講座）、鐘の音が聞こえる（能聽見鐘聲）。

選項1、4「親」的念法有シン／おや　した‐しい。例如：親切（親切）、親子（親子）、親しい友人（摯友）。

選項3、4「関」的念法有カン／せき。例如：関係（關係）。

解題7 　　　　　　　　　　　　　　　　　　　　　　　　**答案** (4)

「貸す／借出」⇔「借りる／借入」。例句：友人に私の辞書を貸してあげます。（我把字典借給朋友）。

題目的「貸していただく（貸してもらう）／借給我」和「借りる／借入」意思相同。

貸的念法有タイ／か‐す。

選項1「貨」的念法有カ。例如：硬貨（硬幣）。

選項2「借」的念法有シャク／か‐りる。例如：借金（借款）。

選項3「背」的念法有ハイ／せ　せい　そむ‐く。例如：背中（後背）。

解題8 　　　　　　　　　　　　　　　　　　　　　　　　**答案** (1)

「消防／消防」是指撲滅火災（滅火和防火）。「消防車／消防車」是用於救火的車輛。

消的念法有ショウ／き‐える・け‐す。例如：消化（消化）、電気が消える（關掉電燈）、消しゴム（橡皮擦）。

防的念法有ボウ／ふせ‐ぐ。例如：防止（防止）、犯罪を防ぐ（防止犯罪）。

選項2「法」的念法有ホウ・ハッ・ホッ。例如：法律（法律）。

選項3「忙」的念法有ボウ／いそが‐しい。

選項4的念法有「病」ビョウ・ヘイ／やまい・や‐む。例如：病気（疾病）。

《第三回　全真模考》問題二

75

□ **9** 漢字は苦手ですが、やさしいものなら読めます。

    1　安しい　　　　　　　　　2　優しい

    3　易しい　　　　　　　　　4　甘しい

譯〉雖然不擅長漢字，但如果是簡單的字就能看懂。

    1　×　　　　　　　　　　　2　溫柔

    3　容易　　　　　　　　　　4　×

□ **10** 都心から車で 40 分のこうがいに住んでいます。

    1　公外　　　　　　　　　　2　郊外

    3　候外　　　　　　　　　　4　降外

譯〉我住在郊外，從市中心開車要花四十分鐘。

    1　×　　　　　　　　　　　2　郊外

    3　×　　　　　　　　　　　4　×

解題 **9**　　　　　　　　　　　　　　　　　　　　　　　　答案 (3)

「易しい／簡單」是簡單易懂的意思。

易的念法有イ・エキ／やさ - しい。例如：簡易（簡易）、易しい問題（簡
單的問題）。

選項 1「安」的念法有アン／やす - い。例如：安心（安心）、安い店（便
宜的店）。

選項 2「優」的念法有ユウ／やさ - しい・すぐ - れる。例如：優勝（優勝）、
優しい母（溫柔的母親）、優れた技術（優秀的技術）。

選項 4「甘」的念法有カン／あま - い・あま - える。例如：甘いお菓子（讀
做「あまい」，意思是「甜點心」／讀做「うまい」，意思是「可口的點
心」）。

解題 **10**　　　　　　　　　　　　　　　　　　　　　　　　答案 (2)

「郊外／郊外」是指離市中心有一段距離的地區。

郊唸作コウ。

外的念法有ガイ・ゲ／そと・はず - す・はず - れる・そと。例如：外国（外
國）、外科（外科）、部屋の外（房間外面）、ボタンを外す（解開鈕扣）、
天気予報が外れる（天氣預報失準）、外に出る（出去外面）。

選項 1「公」的念法有コウ／おおやけ。例如：公園（公園）。

選項 3「候」的念法有コウ／そうろう。例如：気候（氣候）。

選項 4「降」的念法有コウ／お - りる　お - ろす　ふ - る。

翻譯與解題

◎問題 3　（　　　　）中的詞語應為何？請從選項 1・2・3・4 中選出一個最適
合的答案。

□ **11** 宇宙に半年間滞在していた宇宙飛行（　　）のインタビュー番組を見た。

　　1 士　　　　　　2 者　　　　　　3 官　　　　　　4 家

　　譯〉我看了一個節目，內容是採訪在宇宙滯留半年的太空人。
　　　　1 士　　　　　　　　　　　2 者
　　　　3 官　　　　　　　　　　　4 家

□ **12** 裁判（　　）の前で、テレビ局の記者が事件を報道していた。

　　1 場　　　　　　2 館　　　　　　3 地　　　　　　4 所

　　譯〉當時在法院前，電視臺的記者正在報導這起案件。
　　　　1 場　　　　　　　　　　　2 館
　　　　3 地　　　　　　　　　　　4 所

□ **13** 彼は（　　）オリンピック選手で、今はスポーツ解説者をしている。

　　1 元　　　　　　2 前　　　　　　3 後　　　　　　4 先

　　譯〉他以前是奧運選手，現在則擔任體育解說員。
　　　　1 前　　　　　　　　　　　2 前面
　　　　3 後面　　　　　　　　　　4 先

□ **14** ニュース番組は（　　）放送だから、失敗は許されない。

　　1 名　　　　　　2 超　　　　　　3 生　　　　　　4 現

　　譯〉新聞節目是現場直播，所以不能出差錯。
　　　　1 名　　　　　　　　　　　2 超
　　　　3 現場　　　　　　　　　　4 現

□ **15** あなたのような有名人は影響（　　）があるのだから、発言には注意したほう
がいい。

　　1 状　　　　　　2 感　　　　　　3 力　　　　　　4 風

　　譯〉像你這樣的名人很有影響力，所以表示意見時還是謹慎一點比較好。
　　　　1 狀　　　　　　　　　　　2 感
　　　　3 力　　　　　　　　　　　4 風

(解題)**11**

「宇宙飛行士／太空人」是指開往宇宙的太空船上的飛行員。

「～士／～員」的例子：「運転士／駕駛」、「保育士／保育員」。

其他選項的例子：選項 2 編集者（編輯）、選項 3 裁判官（法官）、選項
4 音楽家（音樂家）。

(解題)**12**
答案 (4)

「裁判所／法庭、法院」是進行判決的地方。

「～所／～所」的例子：「案内所／介紹所」、「保健所／保健所」。

其他選項的例子：選項 1 運動場（運動場）、選項 2 体育館（體育館）、
選項 3 住宅地（住宅區）。

(解題)**13**
答案 (1)

「元～／前～」是 "以前的～" 的意思。

「元～／前～」的例子：「元大統領／前總統」、「元女優／前女演員」。

選項 2「前～／前任～」是 "現任的前一任" 的意思。「前会長／前任會長」
是現任會長的前一位會長。

「元会長／前～」是指所有當過會長的人。

其他選項的例子：選項 3 後半（後半）、選項 4 先輩（學長）。

(解題)**14**
答案 (3)

「生放送／現場直播」是指電視節目並非事先錄影，而是直接播出。

「生～」的例子：「生演奏／現場演奏」、「生出演／現場演出」。這也
是沒有事先錄影的意思。

其他選項的例子：選項 1 名場面（經典橋段）、選項 2 超一流（非常優秀）、
選項 4 現段階（現階段）。

(解題)**15**
答案 (3)

「～力／～力」是指「～」的力量，表示「～」的能力。

「～力／～力」的例子：「経済力／經濟能力」、「想像力／想像力」。

其他選項的例子：選項 1 招待状（邀請函）、選項 2 存在感（存在感）、
選項 4 現代風（現代風格）。

◎問題 4　（　　　　）中的詞語應為何？請從選項 1・2・3・4 中選出一個最適合的答案。

□ **16** 自分で（　）できるまで、何十回でも実験を繰り返した。

1　納得　　　　　　　　　　2　自慢
3　得意　　　　　　　　　　4　承認

譯〉直到得到自己滿意的結果為止，多次反覆進行實驗。

1　認可　　　　　　　　　2　自誇
3　擅長　　　　　　　　　4　承認

□ **17** 人類の（　）が誕生したのは 10 万年前だと言われている。

1　伯父　　　　　　　　　　2　子孫
3　先輩　　　　　　　　　　4　祖先

譯〉據說人類的祖先誕生於十萬年前。

1　大伯　　　　　　　　　2　子孫
3　前輩　　　　　　　　　4　祖先

□ **18** 将来は絵本（　）になりたい。

1　作者　　　　　　　　　　2　著者
3　作家　　　　　　　　　　4　筆者

譯〉我將來想成為一名繪本作家。

1　作者　　　　　　　　　2　著者
3　作家　　　　　　　　　4　筆者

解題 **16**　　　　　　　　　　　　　　　　　　　　　　　　　 答案 **(1)**

「納得／認可」是指許可、承認。例句：この失敗が私の責任だなんて、納得できません。（你說這次失敗是我的責任，我無法接受）。

選項2「自慢／驕傲」是指向人誇耀自己或與自身相關的事物。例句：これは私の自慢の息子です。（這是我引以為傲的兒子）。

選項3「得意／擅長、得意」指擅長的事。也指因為某事符合期望而感到滿足。例句：得意なスポーツはテニスです。（我擅長的運動是網球）。

選項4「承認／承認」是指承認正當的事或事實。也指批准某項申請。例句：私の企画が部長会議で承認された。（我的企劃案在經理層級的會議上獲得了批准）。

解題 **17**　　　　　　　　　　　　　　　　　　　　　　　　　 答案 **(4)**

「祖先／祖先」是指某個家族歷代的先人。也指現在的物種尚未進化的狀態。例句：ヒトの祖先はサルだ。（人類的祖先是猿猴）。

選項1「伯父／伯伯、舅舅」是指父母的兄弟。「伯父／伯伯、舅舅」指父母的哥哥。「叔父／叔叔、舅舅」指父母的弟弟。

選項2「子孫／子孫」是指孩子和孫子，和孫子的孩子以及之後的所有晚輩。

選項3「先輩／長輩、前輩、學長姐」是指比自己早出生的人。也指比自己早踏進學校、職場等地方的人。例句：卒業する先輩たちに花束を渡した。（把花束送給了畢業的學長姐們）。

解題 **18**　　　　　　　　　　　　　　　　　　　　　　　　　 答案 **(3)**

「作家／作家」是指創作小説或詩等等文學作品的人，是表示職業的詞語。例句：図書館の本を作家の氏名から検索する。（用作家的姓名蒐尋圖書館的藏書）。

選項1「作者／作者」是創作藝術作品的人。例句：この交響曲の作者はベートーベンです。（這首交響曲的作曲者是貝多芬）。

選項2「著者／著者」是寫書或文章的人。例句：論文の参考文献の著者名を調べる。（查詢這份論文中參考文獻的作者姓名）。

選項4「筆者／筆者」是寫某篇文章的人。例句：この文には筆者の教育に関する考えがはっきりと書かれている。（這篇文章把筆者對教育的想法寫得很清楚）。

□ **19** 不規則（ふきそく）な生活（せいかつ）で、体調（たいちょう）を（　　）しまった。

　　1　降（お）ろして 　　　　　　　2　過（す）ごして

　　3　もたれて 　　　　　　　　　4　崩（くず）して

　　譯〉因為不規律的生活作息，把身體搞垮了。
　　　　1　下 　　　　　　　　2　過
　　　　3　靠 　　　　　　　　4　垮

□ **20** おかげさまで、仕事（しごと）は（　　）です。

　　1　理想（りそう） 　　　　　　　2　順調（じゅんちょう）
　　3　有能（ゆうのう） 　　　　　　　4　完全（かんぜん）

　　譯〉托您的福，工作很順利。
　　　　1　理想 　　　　　　　　2　順利
　　　　3　才幹 　　　　　　　　4　完全

□ **21** 天気（てんき）に恵（めぐ）まれて、青空（あおぞら）の中（なか）に富士山（ふじさん）が（　　）見（み）えた。

　　1　くっきり 　　　　　　　2　さっぱり

　　3　せいぜい 　　　　　　　4　せめて

　　譯〉天公作美，藍天下的富士山清晰可見。
　　　　1　清晰 　　　　　　　　2　爽快
　　　　3　盡量 　　　　　　　　4　至少

解題**19**　　　　　　　　　　　　　　　　　　　　　　　　　答案 **(4)**

「崩す/粉碎」是指把物品破壞的很細碎。也指使狀況良好的物品變差。
例句：山を崩して平地にする。（把山夷成平地）。

選項1「降ろす/下降、放下」的例句：棚から荷物を降ろす（從架子拿下行李）、車から乗客を降ろす（讓乘客下車）、司会者を番組から降ろす（把節目的主持人換掉）等等。

選項2「過ごす/度過」是指讓時間流逝、生活等等。例句：毎年、夏休みは海沿いの別荘で過ごします。（我每年都在沿海的別墅度過暑假）。

選項3「もたれる/倚靠」是指靠在某樣東西上。例句：駅の壁にもたれて友達を待つ。（倚在車站的牆邊等朋友來）。

解題**20**　　　　　　　　　　　　　　　　　　　　　　　　　答案 **(2)**

「順調/順利」是指事情順利進行的狀態。例句：手術の後は、順調に回復しています。（手術後，復原狀況良好）。

選項1「理想/理想」是指想像中最好的狀態。例句：高橋部長は私にとって理想の上司です。（對我來説，高橋經理是理想的上司）。

選項3「有能/有才能」是有助益、有能力的意思。例句：今年入った新人はなかなか有能だね。（今年進來的新人很有才幹呢）。

選項4「完全/完全、完整」是指一切都很齊全，沒有不足之處。例句：完全に冷めたら冷蔵庫に入れてください。（請等到完全放涼之後擺進冰箱）。

解題**21**　　　　　　　　　　　　　　　　　　　　　　　　　答案 **(1)**

「くっきり/鮮明」是指和周圍的界線分得很清楚的樣子。例句：スクリーンに女優の美しい横顔がくっきりと浮かび上がった。（螢幕上清楚的映現出了女演員美麗的側臉）。

選項2「さっぱり/清爽」是指沒有多餘的東西，指清潔、清淡的事物。另外也指味道不濃或性格爽快的樣子。例句：お風呂に入ってさっぱりした（洗完澡十分清爽）、レモン味のさっぱりしたジュースです（這是清爽的檸檬汁）。

選項3「せいぜい/頂多」是副詞，意思是"最多也就是這樣"。例句：会費5000円は高過ぎますよ。せいぜい3000円まででしょう。（會費五千圓太貴了啦，最多訂三千元就好吧）。

選項4「せめて/至少」是副詞，意思是"雖然不夠，但最少也要這樣"。例句：優勝は無理でも、せめて1勝はしたい。（雖然拿不到冠軍，但至少想要贏一回）。

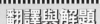

翻譯與解題

□ **22** できるだけ安い原料を使って、生産（　　）を下げている。

1　ローン

2　マーケット

3　ショップ

4　コスト

譯〉盡可能使用便宜的原料，降低生產成本。

　　1　貸款（loan）　　　2　市場（market）

　　3　店（shop）　　　　4　成本（cost）

「コスト／花費、成本」是指價格、費用。也指原價、成本費用。例句：全て手作業なのでコストがかかる。（因為全都是手工製作，所以成本較高）。

選項1「ローン／貸款」是指貸款、信用交易。例句：30 年のローンで家を買った。（辦了三十年房貸買下房子）。

選項2「マーケット／市場」是指市集，或指市場交易。例句：駅前のマーケットでパンを買う。（在車站前的市集買麵包）。

選項3「ショップ／商店」是店面、商店。例句：インターネットのショップで買い物をする。（在網路商店購物）。

◎問題5　選項中有和____意思相近的詞語。請從選項1・2・3・4中選出一個
　　　　最適合的答案。

□ 23　この島の人口は、10年連続で増加している。

1　少なくなる　　　　　　　2　多くなる

3　年をとる　　　　　　　　4　若くなる

譯〉這座島上的人口 10 年來持續增加。
　　　1　變少了　　　　　　　　2　變多了
　　　3　變老了　　　　　　　　4　變年輕了

□ 24　引っ越し前のあわただしい時に、おじゃましてすみません。

1　わずかな　　　　　　　　2　不自由な

3　落ち着かない　　　　　　4　にぎやかな

譯〉搬家前慌慌張張的，那時打擾到您了真對不起。
　　　1　稀少的　　　　　　　　2　不方便的
　　　3　急躁的　　　　　　　　4　熱鬧的

□ 25　わたしたちは毎日、大量の電気を消費している。

1　買う　　　　　　　　　　2　売る

3　消す　　　　　　　　　　4　使う

譯〉我們每天都在消耗大量的電力。
　　　1　買　　　　　　　　　　2　賣
　　　3　刪　　　　　　　　　　4　使用

(解題)**23**　　　　　　　　　　　　　　　　　　　　　　　　(答案) **(2)**

「増加／增加」是指數量增多。

選項2「多くなる」的「（い形容詞語幹）くなる」是表示變化的説法。例句：春になって暖かくなりました。（到了春天，天氣就變暖和了）。

選項3「年をとる／上了年紀」是指年齡增加，也指變老。例句：お父さんも年をとって、白髪が増えたね。（爸爸也上了年紀，白髪增多了）。

(解題)**24**　　　　　　　　　　　　　　　　　　　　　　　　(答案) **(3)**

「あわただしい（慌ただしい）／慌張」是指匆忙、急躁的樣子。

選項3「落ち着かない／不冷靜」是「落ち着く／冷靜」的否定形。「落ち着く／冷靜」是指心情平靜或行動冷靜、穩重的樣子。例句：もう少し落ち着いて話してください。（請冷靜一點慢慢説）。

選項1「わずかな（僅かな）／些微」是表示數量、時間、程度等項目非常少的副詞。例句：1位と2位の差はわずか2点だった。（第一名和第二名僅僅差了兩分）。

選項2「不自由な／不方便」是「自由な／自由、隨意」的否定形。例句：ホームステイ先は親切な家庭で、何の不自由もなかった。（我住的寄宿家庭十分親切，沒有任何不方便的地方）。

(解題)**25**　　　　　　　　　　　　　　　　　　　　　　　　(答案) **(4)**

「消費／耗費」是指使用後消失↔「生産／生產」。

□ **26** この地域では、まれに、5月に雪が降ることがあります。

　　1　たまに　　　　　　　　2　しょっちゅう

　　3　不思議なことに　　　　4　急に

　　訳〉 這個地區很少在五月份下雪。

　　　　1　偶而　　　　　　　　2　常常
　　　　3　不可思議的是　　　　4　突然

□ **27** 客のクレームに、丁寧に対応する。

　　1　注文　　　　　　　　　2　苦情

　　3　サービス　　　　　　　4　意見

　　訳〉 謹慎地應對客戶的投訴。

　　　　1　點餐　　　　　　　　2　牢騷
　　　　3　服務　　　　　　　　4　意見

解題26

答案 (1)

「まれに（稀に）」指頻率或次數非常少，很罕見的樣子。

選項1「たまに／偶爾」指發生次數非常少的樣子。

選項2「しょっちゅう／經常」指頻率、次數很多的樣子，是"總是、不斷地"的意思。例句：彼はしょっちゅう忘れ物をする。（他經常忘東忘西）。

選項3「不思議なことに／不可思議的事情」中的「（～）ことに、…」是想表達"關於句子的內容，說話者認為（～）"時的說法。例句：幸せなことに、私には家族がいる。（我覺得很幸福的是，我擁有家人）。

選項4「急に／突然」指突如其來的樣子。例句：車が急に走り出した。（車子突然疾駛而去了）。

解題27

答案 (2)

「クレーム／投訴」是指對於店家、商品等的牢騷、不滿及抱怨。

選項2「苦情／抱怨、申訴」是指對於自己權益受損感到不滿，或因此而申訴。例句：近所の騒音について、市役所に苦情を言った。（針對附近的噪音，向市政府提出了申訴）。

ハンバーガーとコーヒーを注文する。（我要點漢堡和咖啡）。

選項3「サービス／服務」是指降價、或對客人的特別照顧。例句：1万円以上買うと、送料がサービスになります。（消費超過一萬圓可享免運優惠）。

◎問題6　關於以下詞語的用法，請從選項1・2・3・4中選出一個最適合的答案。

□ **28　汚染**

1　工場から出る水で、川が汚染された。
2　冷蔵庫に入れなかったので、牛乳が汚染してしまった。
3　汚染したくつ下を、石けんで洗う。
4　インフルエンザはせきやくしゃみで汚染します。

譯 汙染
　　1　從工廠排出的廢水導致河水被汙染了。
　　2　因為沒有放進冰箱，所以牛奶被汙染了。
　　3　用肥皂洗滌被汙染的襪子。
　　4　流感會因咳嗽和噴嚏而汙染。

□ **29　姿勢**

1　帽子をかぶった強盗の姿勢が、防犯カメラに映っていた。
2　授業中にガムをかむことは、日本では姿勢が悪いと考えられています。
3　きものは、きちんとした姿勢で着てこそ美しい。
4　若いころはやせていたが、40歳をすぎたらおなかが出てきて、すっかり姿勢が変わってしまった。

譯 姿勢
　　1　強盗戴著帽子的姿勢全被防盜監視器拍了下來。
　　2　上課時嚼口香糖，在日本會被認為姿勢很差。
　　3　穿著和服時姿勢要端正看起來才美麗。
　　4　雖然年輕的時候很瘦，但是過40歲就有了啤酒肚，姿勢完全走樣了。

□ **30　生意気**

1　年下のくせに、生意気なことをいうな。
2　明日テストなのに、テレビを見ているなんて、ずいぶん生意気だね。
3　頭にきて、先輩に生意気をしてしまった。
4　あの先生は、授業はうまいが、ちょっと生意気だ。

譯 狂妄
　　1　明明年紀比我小，說話不准那麼狂妄！
　　2　明天就要考試了，現在居然還在看電視，真是太狂妄了。
　　3　我一時氣不過，對學長狂妄了。
　　4　雖然那位老師很會教書，但有點狂妄。

解題 **28**

「汚染／汙染」指弄髒，尤其是指因細菌、有毒物質、放射性物質等而受到汙染。例句：交通量の多い都市部では大気の汚染が進んでいます。（在交通繁忙的都市地區，空氣污染正逐漸惡化）。

選項 2 應填入「腐って、腐敗して／腐壞、腐敗」，選項 3 應填入「汚れた／被汙染」，選項 4 應填入「感染／感染」才是合適的詞語。

解題 **29**

「姿勢／姿勢」是指身體的姿勢，也指保持體態良好的樣子。例句：君はいつも姿勢がいいね。何か運動をやっているの？（你的體態總是保持得那麼好。有從事什麼運動嗎？）

選項 1 應填入「姿／身影」，選項 2 應填入「行儀／禮儀」，選項 4 應填入「体型／體型」才是合適的詞語。

解題 **30**

「生意気／狂妄」是指年齡較小或地位較低，但卻表現出長輩、上位者的態度，例句：生意気なことを言うようですが、先生のやり方は少し古いのではないでしょうか。（這樣說雖然逾矩，但老師的做法是不是有些過時了呢？）。

選項 2 應填入「余裕／從容」，選項 3 應填入「逆らって／反抗」。沒有「生意気をする」這種說法。選項 4 應填入「怒りっぽい、強引だ、不真面目だ／易怒、強硬、不認真」等等。若對象為年長者或上位者，則不能說「生意気だ／真是狂妄」。

□ **31 刻む**

1 冷えたビールをコップに刻む。

2 時間を間違えて、30 分も刻んでしまった。

3 鉛筆をナイフで刻む。

4 みそしるに、細かく刻んだネギを入れる。

譯〉切碎

　　1 把冰啤酒切碎在杯子裡。

　　2 我搞錯了時間，切碎了三十分鐘。

　　3 用刀子切碎鉛筆。

　　4 把切碎的葱放進味噌湯裡。

□ **32 めったに**

1 計算問題は時間が足りなくて、めったにできなかった。

2 これは、日本ではめったに見られない珍しいチョウです。

3 いつもは時間に正確な彼が、昨日はめったに遅れてきた。

4 昨日、駅で、古い友人にめったに会った。

譯〉罕見的（後接否定）

　　1 寫算數題目的時間不夠，罕見的無法做完。

　　2 這是在日本十分罕見的珍稀蝴蝶。

　　3 平時一直都很守時的他，昨天罕見的遲到了。

　　4 昨天在車站罕見的遇到了一位老朋友。

(解題)**31**　　　　　　　　　　　　　　　　　　　　　　　　(答案) **(4)**

「刻む／切碎」是指切得很細、留下切痕。也指鑄刻在記憶中。例句：先
生の言葉は私の胸に刻んでおきます。（老師説的話鑄刻在我的心裡）。

選項1應填入「注ぐ／注入」，選項2應填入「遅刻して、遅れて／遲到、
晚到」，選項3應填入「削る／削」才是合適的詞語。

(解題)**32**　　　　　　　　　　　　　　　　　　　　　　　　(答案) **(2)**

「めったに／幾乎（不）…」和想否定的詞語一起出現，表示"幾乎沒有"
的意思。特別是經常用在表達次數很少的時候。例句：あなたは幸運ですね。
こんなにいい天気の日はめったにありませんよ。（你很幸運耶！這麼好
的天氣可不常見啊！）。

選項1「ほとんど／幾乎」是大部分的意思，表示全體之中的比例。例句：
袋の中はほとんどゴミだった。（袋子裡面幾乎都是垃圾）。

選項3應填入「ひどく、ずいぶん／嚴重的、非常」等等，選項4應填入「ばっ
たり／突然遇見」才是合適的詞語。

極めろ！
日本語能力試験 解説編

新制日檢！絕對合格 N1,N2 單字全真模考三回 + 詳解

JAPANESE TESTING

LEVEL

N1

第1回

言語知識（文字・語彙）

問題1 ＿＿＿の言葉の読み方として最もよいものを、1・2・3・4から
一つ選びなさい。

1 安全保障問題を巡って、与野党の対立が著しい。

  1 ほうしょ   2 ほうじょ   3 ほしょう   4 ほじょう

2 猿の披露した見事な芸に、会場は大きな拍手に包まれた。

  1 ひろ   2 ひいろ   3 ひろう   4 ひいろう

3 一人の社員の無責任な行動が、会社の信頼性を損なうのだ。

  1 まかなう   2 そこなう   3 やしなう   4 ともなう

4 掲示板に、清掃ボランティアを募るポスターが貼られている。

  1 つのる   2 はかる   3 あやつる   4 さとる

5 私の乏しい知識では、打てる手は限られている。

  1 くやしい   2 いやしい   3 おしい   4 とぼしい

6 鐘の音を聞きながら、新年を迎える。

  1 てつ   2 くさり   3 つな   4 かね

問題2　（　　）に入れるのに最もよいものを、1・2・3・4から一つ選
　　　びなさい。

7　貧困層と富裕層の（　　　　）が社会を不安定にする。

　1　格差　　　　　2　差別　　　　　3　相違　　　　　4　誤差

8　本日の試験は、午前中に筆記、午後から（　　　）を行います。

　1　接待　　　　　2　面会　　　　　3　面接　　　　　4　雑談

9　津波が押し寄せたあと、町の姿は（　　　）した。

　1　変遷　　　　　2　改修　　　　　3　推移　　　　　4　一変

10　成功率10パーセントの手術だが、わずかな可能性に（　　　）みたい。

　1　つげて　　　　2　こじれて　　　3　かけて　　　　4　かえりみて

11　首脳会談を経ても、二国間の（　　　）は深まる一方だった。

　1　筋　　　　　　2　溝　　　　　　3　穴　　　　　　4　源

12　年末年始はなにかと忙しく、同じ日に会合が二つ（　　　）ことも
　　珍しくない。

　1　くるむ　　　　2　こめる　　　　3　かつぐ　　　　4　ダブる

13　けが人は（　　　）して、意識がないように見えた。

　1　ぐったり　　　2　がっしり　　　3　ぐっすり　　　4　じっくり

問題3 ___ の言葉に意味が最も近いものを 1・2・3・4 から一つ選び
なさい。

14 今月の携帯電話料金の内訳を調べる。

1 金額　　　　　2 おつり　　　　　3 理由　　　　　4 内容

15 先生はいつも君の進路のことを案じていらっしゃるよ。

1 安心して　　　2 心配して　　　3 あきれて　　　4 疑問に思って

16 遠方からわざわざ彼女のためにやってきた彼に対する彼女の態度は
実にそっけないものだった。

1 冷たい　　　　2 うるさい　　　3 すがすがしい　4 くだらない

17 一人で暮らすようになって、親のありがたさをつくづく感じている。

1 初めて　　　　　　　　　2 毎日のように
3 心から　　　　　　　　　4 いつの間にか

18 首相が緊急会見するとあって、会場は慌ただしい雰囲気に包まれた。

1 落ち着かない　　　　　　2 厳かな
3 緊張した　　　　　　　　4 盛大な

19 災害被害者に対するサポート態勢の整備が急がれる。

1 保護　　　　　2 指示　　　　　3 理解　　　　　4 支援

問題4　次の言葉の使い方として最もよいものを、1・2・3・4から一
　　　　つ選びなさい。

[20] 圧倒

1　大地震により、駅前に並ぶ高層建築は次々と圧倒した。

2　父は昨年、職場で圧倒し、今も入院生活を続けている。

3　決勝戦では、体格の勝るＡチームが相手チームを圧倒した。

4　私は大勢の人の前に立つと、圧倒して手が震えてしまうんです。

[21] 美容

1　美容と健康のために、スポーツジムに通っています。

2　食事の前には、石けんで手を洗って、美容にしよう。

3　このりんごは味だけでなく、色や形など美容にもこだわって作りま
　　した。

4　こんな美容な服、私には似合わないよ。

[22] 鮮やか

1　事業に成功した彼は、その後85歳で亡くなるまで、鮮やかな人生
　　を送った。

2　初めて舞台に立った日のことは、今も鮮やかに記憶しています。

3　彼は、言いにくいことも鮮やかに言うので、敵も多い。

4　公園からは子供たちの鮮やかな声が聞こえてくる。

[23] かろうじて

1　電車が遅れて、かろうじて遅刻をした。

2　先方との交渉は順調に進み、かろうじて契約が成立した。

3　相手選手のミスのおかげで、かろうじて勝つことができた。

4　最後まであきらめなかった人が、かろうじて勝つのだ。

24 掲げる
   （かか）

1 バランスのとれた食生活を掲げている。

2 選手団が国旗を掲げて入場した。

3 料理の写真を、お店のホームページに掲げています。

4 結婚相手に望む条件を３つ掲げてください。

25 取り扱う

1 交通安全週間に当たり、警察は駐車違反を厳しく取り扱った。

2 当店は食器の専門店ですので、花瓶は取り扱っておりません。

3 この海沿いの村では、ほとんどの人が漁業を取り扱っている。

4 兄弟でおもちゃを取り扱って、ケンカばかりしている。

第 2 回

言語知識（文字・語彙）

問題1 ＿＿＿の言葉の読み方として最もよいものを、1・2・3・4から一つ選びなさい。

1 この施設は目の不自由な人に配慮した設計になっています。

1 はいりょ　　2 はいりょう　　3 はいじょ　　4 はいじょう

2 子供のころは、暇さえあれば、動物や昆虫の図鑑を見ていたものだ。

1 とかん　　2 とがん　　3 ずかん　　4 ずがん

3 これからの世界を担う若者たちに、大いに期待したい。

1 になう　　2 きそう　　3 おう　　4 つくろう

4 王女は、美しい装飾の施された金の冠をかぶっていた。

1 つくされた　　　　　　2 ほどこされた
3 うながされた　　　　　4 もよおされた

5 山田さんに協力を依頼したところ、快い返事が返ってきた。

1 よい　　2 あらい　　3 とうとい　　4 こころよい

6 彼女は、小さなことにこだわらない、器の大きな人です。

1 つつ　　2 うつわ　　3 あみ　　4 さかずき

問題2　（　　）に入れるのに最もよいものを、1・2・3・4から一つ選びなさい。

7　彼女は、財産を相続する権利を（　　　）した。

1　解消　　　　2　謝絶　　　　3　放棄　　　　4　不振

8　その絵には、画家の強烈な（　　　）が表れていた。

1　個性　　　　2　人柄　　　　3　タイプ　　　　4　個人

9　この写真はきれいすぎて不自然だね。（　　　）してあるのじゃないかな。

1　修理　　　　2　加工　　　　3　変換　　　　4　浸透

10　それは、線路に面した、北向きの（　　　）なアパートだった。

1　陰気　　　　2　冷淡　　　　3　下品　　　　4　無愛想

11　資金（　　　）のため、研究は中止せざるを得なかった。

1　無　　　　　2　欠　　　　　3　難　　　　　4　割

12　私は、紛争地帯の悲惨な現状を伝えることに、（　　　）としての使命を感じています。

1　ビジネス　　　　　　　　2　レジャー
3　インフォメーション　　　4　ジャーナリスト

13　これからという時に亡くなって、先生も（　　　）悔しかったことでしょう。

1　さほど　　　2　さも　　　　3　いざ　　　　4　さぞ

問題3 ＿＿の言葉に意味が最も近いものを 1・2・3・4 から一つ選び
なさい。

14 家賃は隔月払いです。

　1　一か月ずつ　　2　一か月おき　　3　一か月遅れ　　4　一か月先

15 そんないい加減な作り方では売り物にならないよ。

　1　ちょうどいい2　なめらかな　　3　なまけた　　　4　ざつな

16 さすが、高級レストランは、コーヒーカップまでエレガントだ。

　1　上品　　　　　2　流行　　　　　3　高級　　　　　4　独特

17 期限に間に合わないことはあらかじめわかっていたはずだ。

　1　本当は　　　　2　すっかり　　　3　だいたい　　　4　以前から

18 待ち合わせまで時間があったので、商店街をぶらぶらしていました。

　1　くよくよ　　　2　のろのろ　　　3　うろうろ　　　4　しみじみ

19 君の協力を当てにしていたのだが、残念だ。

　1　条件　　　　　2　参考　　　　　3　頼り　　　　　4　目処

問題4　次の言葉の使い方として最もよいものを、1・2・3・4から一
　　　　つ選びなさい。

20　更新

1　視力が落ちてきたので、今の眼鏡を更新することにした。
2　古い木造建築は、戦後、鉄筋の高層ビルに更新された。
3　このキーを押すと、ひらがながカタカナに更新されます。
4　5年ぶりに男子　100メートル走の世界記録が更新された。

21　分野

1　与えられた分野に添って、800字以内で小論文を書きなさい。
2　オリンピックでは100を超える分野で、世界一が争われる。
3　研究チームのリーダーには専門の分野だけでなく、幅広い知識が求め
　　られる。
4　海岸に沿って、工業分野が広がっている。

22　はなはだしい

1　どれでもいいと言われて一番大きい箱を選ぶとは、ずいぶんはなは
　　だしいヤツだな。
2　わたしがあなたのことを好きですって？　はなはだしい勘違いです
　　よ。
3　そんなはなはだしい番組ばかり見ていないで、たまには本でも読ん
　　だら？
4　事故のはなはだしい映像が、インターネットを通じて世界中に拡散
　　した。

23 いかにも

1 さすが元歌手だけあって、いかにもすばらしい歌声だ。

2 無駄なお金を使わない、いかにも倹約家の彼女らしい結婚式だ。

3 誠実な彼のことだから、今度の選挙ではいかにも当選するだろう。

4 長い髪を後ろで結んでいたので、いかにも女の人だと思っていました。

24 エスカレート

1 懸命な消火活動にもかかわらず、山火事はますますエスカレートした。

2 君の話は、ウソではないのだろうが、少しエスカレートなのではないかな。

3 明日の試験のことを考えると、頭がエスカレートして眠れない。

4 住民による暴動は次第にエスカレートしていった。

25 言い張る

1 このタレントは、どの番組でも、つまらない冗談ばかり言い張っている。

2 スピーチは、聞き取りやすいよう、大きな声でゆっくり言い張ろう。

3 その男は、警察に連れていかれてからも、自分は被害者だと言い張った。

4 自由の大切さを死ぬまで言い張った彼は、この国の英雄だ。

第3回

言語知識（文字・語彙）

問題1 ＿＿の言葉の読み方として最もよいものを、1・2・3・4から
一つ選びなさい。

1 条件に該当する項目を全て書き出しなさい。
1 かいとう　　2 がいとう　　3 かくとう　　4 がくとう

2 このデザイナーは、独特の色彩感覚に定評がある。
1 しょくざい　2 しょくさい　3 しきざい　　4 しきさい

3 巡ってきたチャンスを逃さないよう、全力で取り組むつもりだ。
1 のがさない　2 にげさない　3 ぬかさない　4 つぶさない

4 故郷に帰る日のことを思うと、心が弾む。
1 はばむ　　　2 はずむ　　　3 はげむ　　　4 いどむ

5 資料が不足している人は、速やかに申し出てください。
1 すこやか　　2 こまやか　　3 すみやか　　4 あざやか

6 明るいうちに峠を越えた方がいい。
1 ふもと　　　2 とうげ　　　3 みさき　　　4 いただき

問題2 （　　）に入れるのに最もよいものを、1・2・3・4から一つ選びなさい。

7 少子高齢化は、老人が老人を（　　　）するという過酷な事態を生んでいる。

1 福祉　　　　2 保育　　　　3 安静　　　　4 介護

8 部長は部下を（　　　）ばかりだが、ほめてくれればもっとやる気が出るのに。

1 みたす　　　2 けなす　　　3 はみだす　　　4 もよおす

9 我が社は日々、製品の品質（　　　）に努めております。

1 向上　　　　2 上昇　　　　3 良好　　　　4 増加

10 兄とは、兄弟というより、何でも競い合う（　　　）のような関係です。

1 キャリア　　2 ライバル　　3 トラブル　　4 ボーイフレンド

11 失業して離婚した。金の切れ目が（　　　）の切れ目とはよく言ったものだ。

1 宝　　　　　2 骨　　　　　3 縁　　　　　4 涙

12 一度引き受けた仕事を、（　　　）できないとは言えない。

1 いかにも　　2 まさしく　　3 やんわり　　4 いまさら

13 娘の寝顔を見ると、小さな悩みなんて（　　　）しまうよ。

1 吹き飛んで　2 走り去って　3 滑り込んで　4 溶け出して

問題3 ＿＿の言葉に意味が最も近いものを 1・2・3・4 から一つ選び
なさい。

14 定年後は、キャリアを生かしたボランティア活動をするつもりだ。

1 能力　　　　　2 性格　　　　　3 経歴　　　　　4 出身

15 次の項目に該当する人は、近くの係員まで申し出てください。

1 合う　　　　　2 乗る　　　　　3 貼る　　　　　4 参加する

16 彼は本当に信頼できる男なのか。現に、約束の時間になっても来な
いじゃないか。

1 今のところ　2 例によって　3 その証拠に　4 約束したのに

17 東京近郊にもまだ昔の趣の残っている街がある。

1 思い出　　　　　2 遊び　　　　　3 旅館　　　　　4 雰囲気

18 候補者の演説は、どれも無難で新鮮さに欠けるものだった。

1 真面目過ぎる　　　　　　　2 レベルが低い
3 分かりにくい　　　　　　　4 良くも悪くもない

19 今日こそいい結果を出すぞ、と彼は意気込んで出掛けていった。

1 叫んで　　　　2 張り切って　3 もてなして　4 気にして

問題 4　次の言葉の使い方として最もよいものを、1・2・3・4から一
　　　　つ選びなさい。

20　告白

1　新製品の特徴を表にして告白する。

2　自分の過ちを告白するのは、大変勇気がいることだ。

3　医者には、患者の病状を分かりやすく告白する義務がある。

4　マスコミ各社は、女優Ａの婚約を一斉に告白した。

21　仲直り

1　簡単な故障なら、自分で仲直りできます。

2　練習で失敗したことを、本番で仲直りすることが大切だ。

3　ぼくとたかし君は、小さいころからの仲直りです。

4　仲直りの印に握手をしようじゃないか。

22　ふさわしい

1　駅前のコンビニは 24 時間営業なので、忙しい人にふさわしい。

2　優秀な彼女には、もっとふさわしい仕事があると思う。

3　あの兄弟は、顔も体格もふさわしくて、遠くからでは区別がつかない。

4　ちゃんと病院に行って、ふさわしい薬をもらったほうがいいよ。

23　強いて

1　いい映画だが、しいて言うなら意外性に欠ける。

2　彼女は、こちらの都合など考えず、しいてしゃべり続けた。

3　男の子というのは、好きな女の子をしいていじめるものだ。

4　犯人逮捕のために、知っていることはしいて話してください。

24 威張る

1 君は班長なのだから、責任を持ってもっと威張らなくてはいけない
よ。

2 あの山は姿が威張っていると、観光客に人気だ。

3 3つ上の兄は、いつも威張って私に命令する。

4 となりの犬は夜になると大きな声で威張るので迷惑だ。

25 使いこなす

1 父に買ってもらったこの辞書は、もう10年以上使いこなしている。

2 このくつはもう使いこなしてしまったので、捨ててください。

3 この最新の実験装置を使いこなせるのは、彼だけです。

4 旅先で、持っていたお金を全て使いこなしてしまった。

MEMO

翻譯與解題

◎問題1 ＿＿＿中的詞語讀音應為何？請從選項1・2・3・4中選出一個最適合的答案。

□ 1 安全保障問題を巡って、与野党の対立が著しい。

　1　ほうしょ　　　　　　　　2　ほうじょ

　3　ほしょう　　　　　　　　4　ほじょう

　譯〉針對安全保障議題，執政黨和在野黨的意見明顯對立。
　　　1　方所（方位場所）　　2　幇助（幫助）
　　　3　保障（保障）　　　　4　圃場（農場）

□ 2 猿の披露した見事な芸に、会場は大きな拍手に包まれた。

　1　ひろ　　　　　　　　　　2　ひいろ

　3　ひろう　　　　　　　　　4　ひいろう

　譯〉會場的觀眾為猴子表演的精彩技藝給予熱烈的掌聲。
　　　1　広（寬廣）　　　　　2　緋色（深紅色）
　　　3　披露（表演）　　　　4　×

□ 3 一人の社員の無責任な行動が、会社の信頼性を損なうのだ。

　1　まかなう　　　　　　　　2　そこなう

　3　やしなう　　　　　　　　4　ともなう

　譯〉一位員工不負責任的行為將會損及公司的聲譽。
　　　1　賄う（供給）　　　　2　損なう（損毀）
　　　3　養う（扶養）　　　　4　伴う（伴隨）

□ 4 掲示板に、清掃ボランティアを募るポスターが貼られている。

　1　つのる　　　　　　　　　2　はかる

　3　あやつる　　　　　　　　4　さとる

　譯〉布告欄上張貼著招募打掃志工的海報。
　　　1　募る（招募）　　　　2　量る（計量）
　　　3　操る（操縱）　　　　4　悟る（覺悟）

「保障／保障」是指雙方約定在面臨危險時，必須保護某一方的措施。

保的念法有ホ／たも‐つ。例如：保険（保險）、担保（抵押）、健康を保つ（保持健康）。

解題2

答案 (3)

「披露／公佈」是指將某事公諸於世。

披ヒ。例如：披見（閱覽）。

露的念法有ロ／ロウ／つゆ。例如：露出（曝光）、披露宴（婚宴、開幕宴會）、朝露（朝露）。

解題3

答案 (2)

「損なう」是指失敗，或是毀損。

其他選項的漢字分別是：1「賄う／供給」3「養う／養育」4「伴う／伴隨」。

損的念法有ソン／そこ‐なう／そこ‐ねる。例如：損害（損害）、損失（損失）、健康を損なう（損害健康）、機嫌を損ねる（有損興致）。

解題4

答案 (1)

「募る／募集」是指廣泛蒐集。

其他選項的漢字分別是：2「図る／圖謀」、「測る／測量」、「計る／推測」3「操る／操縱」4「悟る／醒悟」。

募的念法有ボ／つの‐る。例如：募集（募集）、公募（公開徵集）、部員を募る（招募成員）。

□ 5　私の乏しい知識では、打てる手は限られている。

1　くやしい　　　　　　　　2　いやしい

3　おしい　　　　　　　　　4　とぼしい

譯　以我淺薄的學識，想得到的辦法實在有限。
　　1　悔しい（悔恨）　　　2　卑しい（卑鄙）
　　3　惜しい（可惜）　　　4　乏しい（貧乏）

□ 6　鐘の音を聞きながら、新年を迎える。

1　てつ　　　　　　　　　　2　くさり

3　つな　　　　　　　　　　4　かね

譯　一邊聽著鐘聲，一邊迎來新年。
　　1　鉄（鐵）　　　　　　2　鎖（鎖鏈）
　　3　綱（綱）　　　　　　4　鐘（鐘）

(解題)**5**

答案 (4)

「乏しい」是指不足的意思。

其他選項的漢字分別是：1「悔しい／不甘心」2「卑しい／卑鄙」3「惜しい／可惜」。

乏的念法有ボウ／とぼ-しい。例如：欠乏（缺乏）、貧乏（貧窮）、物資が乏しい（物資缺乏）。

(解題)**6**

答案 (4)

「鐘」是指懸掛在寺廟之類的場所，能發出聲響的物品。

其他選項的漢字分別為：1「鉄／鐵」2「鎖／鎖鏈」3「綱／繩索」。

鐘的念法有ショウ／かね。例如：半鐘（警鐘）、鐘楼（鐘樓）、除夜の鐘（除夕鐘聲）。

◎問題2　（　　　　）中的詞語應為何？請從選項1・2・3・4中選出一個最適合的答案。

□ **7** 貧困層と富裕層の（　　　）が社会を不安定にする。

　　1　格差　　　　　　　　　2　差別

　　3　相違　　　　　　　　　4　誤差

　　譯〉貧富差距導致社會動盪不安。

　　　　1　差距　　　　　　　2　差別

　　　　3　差異　　　　　　　4　誤差

□ **8** 本日の試験は、午前中に筆記、午後から（　　　）を行います。

　　1　接待　　　　　　　　　2　面会

　　3　面接　　　　　　　　　4　雑談

　　譯〉關於今天的考試，上午進行筆試，下午進行面試。

　　　　1　招待　　　　　　　2　會面

　　　　3　面試　　　　　　　4　閒聊

□ **9** 津波が押し寄せたあと、町の姿は（　　　）した。

　　1　変遷　　　　　　　　　2　改修

　　3　推移　　　　　　　　　4　一変

　　譯〉海嘯來襲後，城市的風貌驟然變樣了。

　　　　1　變遷　　　　　　　2　修改

　　　　3　推移　　　　　　　4　突然完全改變

(解題)**7**

「格差／差距」是指某事和另一件事之間的差距。

使用這個單字時，會用「～と…の格差／和～有…的差距」的形式。

選項2「差別／歧視」意思是施以差別待遇。例句：女性を差別してはならない。（不可以歧視女性）。

選項3「相違／相異」是指某事和某事之間的不同。例句：意見の相違。（意見相左）。

選項4「誤差」是偏差、不一致的意思。是指真正的數值和預測的數值之間的差異。例句：誤差を生じる。（產生誤差）。

(解題)**8**

（答案）(3)

「面接」是在就職考試之類的情況下，由面試官直接訪談應試者。一般會舉行「筆記試験／筆試測驗」和「面接／面試」。

選項1「接待／接待」是招待對方的意思。

選項2「面会／會面」是指和來訪的人見面。例句：病院の面会時間は決まっている。（醫院的會客時間是固定的）。

選項4「雑談／閒談」是指輕鬆的閒聊。例句：講演会の後、雑談の時間を設ける。（在演講會結束之後安排一段聊談時間）。

(解題)**9**

（答案）(4)

「一変／突然完全改變」是狀況急遽變化的意思。

選項1「変遷／變遷」是演變的意思。例句：社会の変遷。（社會的變遷）。

選項2「改修／改建」是指將建築物之類的破舊處重新翻修。例句：図書館の改修を行う。（圖書館重新進行裝修）。

選項3「推移／演進」是指事物的變遷。例句：時代の推移。（時代的演進）。

□ **10** 成功率 10 パーセントの手術だが、わずかな可能性に（　　　　）みたい。

1　つげて　　　　　　　　　　　2　こじれて

3　かけて　　　　　　　　　　　4　かえりみて

譯〉即使是成功機率只有百分之十的手術，我還是想賭上那一點點的可能性。
　　　1　告げて（告訴）　　　　　2　拗れて（執拗）
　　　3　賭けて（賭）　　　　　　4　省みて（重溫）

□ **11** 首脳会談を経ても、二国間の（　　　　）は深まる一方だった。

1　筋　　　　　　　　　　　　　2　溝

3　穴　　　　　　　　　　　　　4　源

譯〉即使兩國元首舉行了雙邊會談，彼此的隔閡仍然越來越深。
　　　1　筋　　　　　　　　　　　2　溝
　　　3　洞　　　　　　　　　　　4　源

□ **12** 年末年始はなにかと忙しく、同じ日に会合が二つ（　　　　）ことも珍しくない。

1　くるむ　　　　　　　　　　　2　こめる

3　かつぐ　　　　　　　　　　　4　ダブる

譯〉年頭年尾總是很忙，就算在同一天內有兩場聚會撞期也不稀奇。
　　　1　包み（包）　　　　　　　2　込める（包含）
　　　3　担ぐ（肩扛）　　　　　　4　ダブる（重複）

□ **13** けが人は（　　　　）して、意識がないように見えた。

1　ぐったり　　　　　　　　　　2　がっしり

3　ぐっすり　　　　　　　　　　4　じっくり

譯〉傷者筋疲力竭，看起來已經失去了意識。
　　　1　全身癱軟　　　　　　　　2　強壯
　　　3　熟睡　　　　　　　　　　4　慢慢地

解題 **10**   答案 (3)

「かける／賭上」是指抱著可能失敗的覺悟進行某事。

選項1「つげる」可寫成「告げる」，是傳達給別人的意思。例句：別れ
をつげる。（告別）。

選項2「こじれる／複雜化」是事情或狀況的混亂以至於難以釐清。

選項4「かえりみる／自省」是反省自己的行為或舉止。

解題 **11**   答案 (2)

「溝／隔閡」是指自己與對方的心情或狀態產生了隔閡。

這個字的慣用語句為「溝が深い／隔閡很深」。

選項1「筋／條理」是指事物的道理。常寫成「筋を通す／貫徹事理」的
形式。

選項3「穴／窟窿」的本意是指地面凹陷，現也指缺點、不完整的部分等等。
例句：経理の穴をうめる。（彌補經營管理的漏洞）。

選項4「源／起源」（みなもと）是指事物的起源、由來。

解題 **12**   答案 (4)

「ダブる／重複」是指兩件事情重疊。

選項1「くるむ／包」是指用布之類的物品將東西包起來。例句：ふろし
きでくるむ。（用包袱巾裹起來）。

選項2「こめる／裝填」是指放入其中。例句：気持ちをこめる。（注入
感情）。

選項3「かつぐ／擔起」是指用肩扛起。例句：荷物をかつぐ。（擔起行李）。

解題 **13**   答案 (1)

「ぐったり／筋疲力盡」是指因疲勞等而體力不支的樣子。

選項2「がっしり／健壯」是指身體強壯，肌肉結實的樣子。例句：がっ
しりした体。（健壯的身體）。

選項3「ぐっすり／酣睡」是指睡得很熟的樣子。例句：ぐっすり眠る。（熟
睡）。

選項4「じっくり／仔細的」是指冷靜地做事的樣子。例句：じっくり考
えてから行動する。（深思熟慮後才行動）。

翻譯與解題

問題三
第 **14-19** 題

◎問題 3　選項中有和____意思相近的詞語。請從選項 1・2・3・4 中選出一個
　　　　最適合的答案。

□ **14** 今月の携帯電話料金の内訳を調べる。

1　金額　　　　　　　　　2　おつり
3　理由　　　　　　　　　4　内容

譯〉 查核這個月的手機通話費明細。
　　 1　金額　　　　　　　　2　零錢
　　 3　理由　　　　　　　　4　內容

□ **15** 先生はいつも君の進路のことを案じていらっしゃるよ。

1　安心して　　　　　　　2　心配して
3　あきれて　　　　　　　4　疑問に思って

譯〉 老師總是掛心著你的前途哦！
　　 1　安心地　　　　　　　　2　擔心地
　　 3　厭惡地　　　　　　　　4　有疑問

□ **16** 遠方からわざわざ彼女のためにやってきた彼に対する彼女の態度は実にそっけ
ないものだった。

1　冷たい　　　　　　　　2　うるさい
3　すがすがしい　　　　　4　くだらない

譯〉 他為了她特地遠道而來，她對他的態度卻很冷淡。
　　 1　冷たい（冷淡）　　　　2　煩い（聒耳）
　　 3　清々しい（清涼）　　　4　下らない（無聊）

(解題)**14**　　　　　　　　　　　　　　　　　　　　　　　(答案) **(4)**

「内訳／細項」是將整體內容分成明確的幾個部分。

選項4「内容／內容」是指內容。

選項1「金額／金額」是指價格。例句：金額を確かめる。（確認金額）。

選項2「おつり／找零」是指比應付費用多付的錢。例句：おつりを渡す。（找錢）。

選項3「理由／理由」是指原因。例句：休んだ理由を話す。（告知休假的理由）。

(解題)**15**　　　　　　　　　　　　　　　　　　　　　　　(答案) **(2)**

「案じる／掛心」是擔心的意思。

題目中的「進路／前途」是指今後前進的方向。

選項2「心配する／擔心」是擔心的意思。

選項1「安心する／安心」是 "不擔心，鬆了一口氣" 的意思。是「心配する／擔心」的反義詞。例句：母の病気がよくなったので安心した。（因為媽媽的病況好轉，我也鬆了一口氣）。

(解題)**16**　　　　　　　　　　　　　　　　　　　　　　　(答案) **(1)**

「そっけない／冷淡」是指冷淡的對待對方的樣子。

選項1「冷たい／冷淡」是指態度或言語缺乏溫情的樣子。

選項2「うるさい／嘈雜」是指聲音很大、刺耳的樣子。例句：話し声がうるさい。（說話聲很吵）。

選項3「すがすがしい／神清氣爽」是指清爽舒暢的樣子。例句：すがすがしい朝の空気。（早晨清新怡人的空氣）。

選項4「くだらない／無聊」是指沒有用處、毫無價值的樣子。例句：くだらない番組。（無聊的節目）。

□ **17** 一人で暮らすようになって、親のありがたさをつくづく感じている。

　　1　初めて　　　　　　　　2　毎日のように
　　3　心から　　　　　　　　4　いつの間にか

　譯〉我獨自一人生活以後，才深切地感受到父母的好。
　　　　1　第一次　　　　　　　2　幾乎每天
　　　　3　由衷　　　　　　　　4　不知不覺

□ **18** 首相が緊急会見するとあって、会場は慌ただしい雰囲気に包まれた。

　　1　落ち着かない　　　　　2　厳かな
　　3　緊張した　　　　　　　4　盛大な

　譯〉由於總理召開了臨時記者會，會場頓時籠罩在一片慌亂的氣氛之下。
　　　　1　惶惶無措　　　　　　2　嚴格
　　　　3　緊張　　　　　　　　4　盛大地

□ **19** 災害被害者に対するサポート態勢の整備が急がれる。

　　1　保護　　　　　　　　　2　指示
　　3　理解　　　　　　　　　4　支援

　譯〉對受災戶的支援準備工作已刻不容緩。
　　　　1　保護　　　　　　　　2　指示
　　　　3　理解　　　　　　　　4　支援

(解題)**17**　　　　　　　　　　　　　　　　　　　　　　　　(答案) (3)

「つくづく／由衷的」是指打從心底這麼想的樣子。

選項3「心から／打從心底」。例句：心から謝る。（誠摯的道歉）。

選項1「初めて／初次」是表示目前為止沒有做過的事的詞語。

選項2「毎日のように／近乎每天」是幾乎每天的意思。

選項4「いつの間にか／不知不覺」表示"不知道具體是什麼時候的事"。
例句：大好きなお菓子がいつの間にか売り切れていた。（我最喜歡的點
心不曉得什麼時候居然賣完了）。

(解題)**18**　　　　　　　　　　　　　　　　　　　　　　　　(答案) (1)

「あわただしい／慌忙」是指匆忙、無法冷靜的樣子。

選項1「落ち着かない／躁動不安」是指情緒無法安定下來的樣子。

選項2「厳かな／鄭重」是指莊嚴宏偉的樣子。例句：厳かな結婚式。（莊
嚴的婚禮儀式）。

選項3「緊張した／緊張」是指心情緊張的樣子。例句：受験生が緊張し
た顔で並んでいる。（考生一臉緊繃的排著隊）。

選項4「盛大な／盛大」是指蓬勃發展、大規模的樣子。例句：盛大な式
典が取り行われた。（舉行了盛大的儀式）。

(解題)**19**　　　　　　　　　　　　　　　　　　　　　　　　(答案) (4)

「サポート／支持」是支援的意思。

選項4「支援／支援」是助他人一臂之力的意思。

選項1「保護／保護」是守護的意思。例句：野鳥を保護する。（保護野鳥）。

選項2「指示／指示」是指示的意思。例句：方法を具体的に指示する。（具
體的指示方法）。

選項3「理解／理解」是明白的很透徹了的意思。例句：人の話を理解する。
（理解別人的話）。

翻譯與解題

◎問題 4　關於以下詞語的用法，請從選項 1・2・3・4 中選出一個最適合的答案。

□ **20　圧倒**
1　大地震により、駅前に並ぶ高層建築は次々と圧倒した。
2　父は昨年、職場で圧倒し、今も入院生活を続けている。
3　決勝戦では、体格の勝る A チームが相手チームを圧倒した。
4　私は大勢の人の前に立つと、圧倒して手が震えてしまうんです。

譯〉勝過
 1　由於大地震，車站前林立的高樓相繼勝過了
 2　我父親去年在工作中勝過，至今仍在住院
 3　在決賽中，體格更勝一籌的 A 隊擊敗了對手的隊伍，贏得勝利
 4　我站在眾人面前，勝過得雙手不斷發抖

□ **21　美容**
1　美容と健康のために、スポーツジムに通っています。
2　食事の前には、石けんで手を洗って、美容にしよう。
3　このりんごは味だけでなく、色や形など美容にもこだわって作りました。
4　こんな美容な服、私には似合わないよ。

譯〉美容
 1　為了保持健康美麗，我開始上健身房
 2　用餐之前先用肥皂洗手，好好美容吧
 3　培植這種蘋果時，不僅僅是口味，就連色澤和形狀等美容也很講究
 4　這種美容的服裝，不適合我啦！

□ **22　鮮やか**
1　事業に成功した彼は、その後85歳で亡くなるまで、鮮やかな人生を送った。
2　初めて舞台に立った日のことは、今も鮮やかに記憶しています。
3　彼は、言いにくいことも鮮やかに言うので、敵も多い。
4　公園からは子供たちの鮮やかな声が聞こえてくる。

譯〉鮮明
 1　直到八十五歲去世之前，事業有成的他走了一遭鮮明的人生
 2　初次登台那天的事，至今仍記憶猶新
 3　連一般人難以啟齒的話也會直言不諱，因此四處樹敵
 4　從公園傳來孩子們鮮明的聲音

解題**20**　　　　　　　　　　　　　　　　　　　　　　　答案 (3)

「圧倒する／勝過」是"以過人的力量打敗他人"的意思。例句：A君はB君を圧倒して委員に選ばれた。（A君擊敗了B君，因而被委員相中了）。

關於其他選項的句子，選項1應填入「倒壊／倒塌」，選項2應填入「転倒／跌倒」、選項4應填入「緊張／緊張」才是合適的詞語。

解題**21**　　　　　　　　　　　　　　　　　　　　　　　答案 (1)

「美容／美容」是為了變美而做的事。例句：美容に気をつける。（用心在美容上）。

關於其他選項的句子，選項2應填入「清潔／清潔」、選項3應填入「見かけ／外表」、選項4應填入「派手／華麗」才是合適的詞語。

解題**22**　　　　　　　　　　　　　　　　　　　　　　　答案 (2)

「鮮やか／鮮明」是指顏色和形狀清晰。例句：鮮やかな宙返りをしてみせた。（我展現了精湛的空翻動作）。

關於其他選項的句子，選項3應填入「ずけずけ／不留情面」、選項4應填入「にぎやかな／熱鬧的」才是合適的詞語。

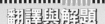

☐ **23 かろうじて**

1　電車が遅れて、かろうじて遅刻をした。

2　先方との交渉は順調に進み、かろうじて契約が成立した。

3　相手選手のミスのおかげで、かろうじて勝つことができた。

4　最後まであきらめなかった人が、かろうじて勝つのだ。

譯〉 好不容易

　　　1　由於電車誤點，好不容易遲到了

　　　2　與對方的談判順利進行，好不容易達成了契約

　　　3　幸虧對方選手失誤，好不容易我們才贏得了勝利

　　　4　到最後都沒有放棄的人，好不容易才贏了

☐ **24 掲げる**

1　バランスのとれた食生活を掲げている。

2　選手団が国旗を掲げて入場した。

3　料理の写真を、お店のホームページに掲げています。

4　結婚相手に望む条件を３つ掲げてください。

譯〉 高舉

　　　1　高舉著平衡的飲食生活

　　　2　選手們高舉著國旗步入了會場

　　　3　在店裡的網頁上高舉著餐點的照片

　　　4　請高舉三項理想中的結婚對象應具備的條件

☐ **25 取り扱う**

1　交通安全週間に当たり、警察は駐車違反を厳しく取り扱った。

2　当店は食器の専門店ですので、花瓶は取り扱っておりません。

3　この海沿いの村では、ほとんどの人が漁業を取り扱っている。

4　兄弟でおもちゃを取り扱って、ケンカばかりしている。

譯〉 販售

　　　1　時值交通安全週，警方嚴格販售了違規停車

　　　2　由於本店是餐具專賣店，所以沒有販售花瓶

　　　3　在這個海邊的村莊，大多數人都在販售漁業問題

　　　4　為了販售玩具，兄弟倆打了起來

(解題)**23** 　　　　　　　　　　　　　　　　　　　　　(答案)**(3)**

「かろうじて／好不容易」是"勉勉強強"的意思。例句：英語はかろう
じて日常会話がわかる程度だ。（我的英語程度大概只能勉強理解日常會
話）。

關於其他選項的句子，選項2應填入「順当に／理所當然」、選項4應填
入「当然／當然」才是合適的詞語。

(解題)**24** 　　　　　　　　　　　　　　　　　　　　　(答案)**(2)**

「掲げる／高舉」是高高舉起的意思。例句：優勝旗を掲げる。（高舉優
勝錦旗）。

關於其他選項的句子，選項1應填入「目指して／以～為目標」、選項3
應填入「掲載して／登載」、選項4應填入「挙げて／舉起」才是合適的
詞語。

(解題)**25** 　　　　　　　　　　　　　　　　　　　　　(答案)**(2)**

「取り扱う／經營販售」是"作為業務內容"的意思。例句：この店では、
宅配便も取り扱っています。（這家商店也有經營快遞的業務）。

關於其他選項的句子，選項1應填入「取り締まった／取締」、選項3應
填入「営んで／經營」、選項4應填入「取り合って／爭奪」才是合適的
詞語。

◎問題1 ＿＿＿中的詞語讀音應為何？請從選項1・2・3・4中選出一個最適合的答案。

□ **1** この施設は目の不自由な人に配慮した設計になっています。

　　1　はいりょ　　　　　　　2　はいりょう

　　3　はいじょ　　　　　　　4　はいじょう

　[譯] 這項設施是為了照顧視障人士而設計的。
　　　1　配慮（照顧）　　　　2　拝領（領受）
　　　3　排除（排除）　　　　4　廃城（廢城）

□ **2** 子供のころは、暇さえあれば、動物や昆虫の図鑑を見ていたものだ。

　　1　とかん　　　　　　　　2　とがん

　　3　ずかん　　　　　　　　4　ずがん

　[譯] 小時候只要有空，就會看動物和昆蟲的圖鑑。
　　　1　×　　　　　　　　　2　兎眼（眼瞼閉合不全）
　　　3　図鑑（圖鑑）　　　　4　×

□ **3** これからの世界を担う若者たちに、大いに期待したい。

　　1　になう　　　　　　　　2　きそう

　　3　おう　　　　　　　　　4　つくろう

　[譯] 對背負整個世界的將來的年輕人抱有很大的期待。
　　　1　担う（擔任）　　　　2　競う（競爭）
　　　3　追う（追）　　　　　4　繕う（修補）

□ **4** 王女は、美しい装飾の施された金の冠をかぶっていた。

　　1　つくされた　　　　　　2　ほどこされた

　　3　うながされた　　　　　4　もよおされた

　[譯] 公主戴了裝飾華美的金冠。
　　　1　×　　　　　　　　　2　施された（被施加）
　　　3　促された（被督促）　4　催された（被引發）

(解題)**1**　　　　　　　　　　　　　　　　　　　　(答案)**(1)**

「配慮／關懷」是指對周圍的人體貼入微。

選項3「排除／排除」。

配的念法有ハイ／くば‐る。例如：配当（分紅）、分配（分配）、紙を
配る（分發紙張）。

(解題)**2**　　　　　　　　　　　　　　　　　　　　(答案)**(3)**

「図鑑／圖鑑」是用照片或圖畫來説明各種事物的書。

図的念法有ズ／ト／はか‐る。例如：図面（設計圖）、図書館（圖書館）、
問題の解決を図る（想辦法解決問題）。

鑑唸作カン。例如：鑑定（鑑定）、印鑑（印章）、年鑑（年鑑）。

(解題)**3**　　　　　　　　　　　　　　　　　　　　(答案)**(1)**

「担う／肩負」是"承擔責任、負擔責任"的意思。

選項2「競う／競賽」，選項3「負う、追う／擔負、追逐」，選項4「繕
う／修補」。

担的念法有タン／かつ‐ぐ／にな‐う。例如：分担（分擔）、担当（擔任）、
荷を担ぐ（扛貨物）、責任を担う（背負責任）。

(解題)**4**　　　　　　　　　　　　　　　　　　　　(答案)**(2)**

「施す／施捨、施行、施加」表示"施予恩惠或金錢"、"實行"和"施加"。
「装飾を施す／施以裝飾」是將加上裝飾的意思。

選項1「尽くされた／用盡了」，選項3「促された／促使了」，選項4「催
された／舉行了」。

施的念法有セ／シ／ほどこ‐す。例如：施薬（用藥）、施工（施工）、手
当を施す（給予津貼）。

□ 5 山田さんに協力を依頼したところ、快い返事が返ってきた。

　　1　よい　　　　　　　　　2　あらい

　　3　とうとい　　　　　　　4　こころよい

　　譯〉我拜託山田先生協助，他欣然答應了。
　　　　1　良い（良好的）　　　2　粗い（粗的）
　　　　3　尊い（尊貴的）　　　4　快い（樂意的）

□ 6 彼女は、小さなことにこだわらない、器の大きな人です。

　　1　つつ　　　　　　　　　2　うつわ

　　3　あみ　　　　　　　　　4　さかずき

　　譯〉她不拘小節，是個氣量宏大的人。
　　　　1　筒（筒子）　　　　　2　器（氣量）
　　　　3　網（網）　　　　　　4　盃（酒杯）

(解題)**5**　　　　　　　　　　　　　　　　　　(答案)**(4)**

「快い／爽快」指心情很好。

選項1「良い／好」，選項2「荒い、粗い／粗暴、粗糙」，選項3「到底／無論如何也（後接否定）」。

快的念法有カイ／こころよ - い。例如：快感（快感）、快速（快速）、快い音（令人愉快的聲音）。

(解題)**6**　　　　　　　　　　　　　　　　　　(答案)**(2)**

「器／器皿」指盛裝東西的物品，或指人有卓越的能力。

選項1「筒／筒子」，選項3「網／網子」，選項4「盃／酒杯」。

器的念法有キ／うつわ。例如：楽器（樂器）、器具（器具）、器が大きい（很有氣量）。

◎問題2 （　　　　）中的詞語應為何？請從選項１・２・３・４中選出一個最適合的答案。

□ **7** 彼女は、財産を相続する権利を（　　　　）した。

　　1　解消　　　　　　　　　　2　謝絶
　　3　放棄　　　　　　　　　　4　不振

譯〉她放棄了繼承財產的權利。
　　1　消除　　　　　　　　　　2　謝絕
　　3　放棄　　　　　　　　　　4　不佳

□ **8** その絵には、画家の強烈な（　　　　）が表れていた。

　　1　個性　　　　　　　　　　2　人柄
　　3　タイプ　　　　　　　　　4　個人

譯〉那幅畫表現出了畫家的烈性。
　　1　個性　　　　　　　　　　2　人品
　　3　類型　　　　　　　　　　4　個人

□ **9** この写真はきれいすぎて不自然だね。（　　　　）してあるのじゃないかな。

　　1　修理　　　　　　　　　　2　加工
　　3　変換　　　　　　　　　　4　浸透

譯〉這張照片太漂亮了，反而覺得不自然耶。你是不是有修圖呀？
　　1　修理　　　　　　　　　　2　加工
　　3　變換　　　　　　　　　　4　浸透

□ **10** それは、線路に面した、北向きの（　　　　）なアパートだった。

　　1　陰気　　　　　　　　　　2　冷淡
　　3　下品　　　　　　　　　　4　無愛想

譯〉那是一棟緊鄰鐵路、坐南朝北的陰暗公寓。
　　1　陰氣　　　　　　　　　　2　冷淡
　　3　沒品　　　　　　　　　　4　簡慢

(解題)**7**　　　　　　　　　　　　　　　　　　　(答案) **(3)**

「放棄／放棄」是指拋棄權利等事物。常用在「財産放棄／放棄財産」等等。

選項1「解消／解除」是指取消、消除。例如：婚約を解消する（解除婚約）。

選項2「謝絶／謝絶」是指拒絕。例如：面会謝絶（拒絕會面）。

選項4「不振／蕭條」是指情勢不佳。例如：食欲不振（食欲不振）。

(解題)**8**　　　　　　　　　　　　　　　　　　　(答案) **(1)**

「個性／個性」是指某人獨特的性格特質。

選項2「人柄／人格」是指人的性格。例如：人柄がよい（人品很好）。

選項3「タイプ／類型」是指共通的性質。例如：好きな女性のタイプ（喜歡的女性類型）。

選項4「個人／個別的人」是指每個個別的人。例如：個人の権利を守る（保障個人的權利）。

(解題)**9**　　　　　　　　　　　　　　　　　　　(答案) **(2)**

「加工／加工」是指再經過其他程序後做成其他製品。

選項1「修理／修理」是指修復故障、損壞的地方。例如：時計を修理する（修理手錶）。

選項3「変換／變換」是指變成其他事物。例如：文字を変換する（轉換文字）。

選項4「浸透／滲透」是指滲入到裡面。例如：水が浸透する（水滲透過去）。

(解題)**10**　　　　　　　　　　　　　　　　　　(答案) **(1)**

「陰気／陰暗」是指心情或氛圍陰暗。

選項2「冷淡／冷淡」是指冷冰冰的態度、不體貼的樣子。例如：冷淡な態度（冷淡的態度）。

選項3「下品／下流」是指粗野的人品或粗俗的態度。對義詞為「上品／高尚」。

選項4「無愛想／冷淡」是"説話不親切、不擅交際"的意思。例如：無愛想な人（態度冷淡的人）。

□ **11** 資金（　　　）のため、研究は中止せざるを得なかった。

1　無　　　　　　　　　　2　欠

3　難　　　　　　　　　　4　割

譯〉由於資金籌措困難，研究不得不中止了。
　　1　沒有　　　　　　　2　欠缺
　　3　籌措困難　　　　　4　比例

□ **12** 私は、紛争地帯の悲惨な現状を伝えることに、（　　　）としての使命を感じています。

1　ビジネス　　　　　　2　レジャー

3　インフォメーション　4　ジャーナリスト

譯〉我在報導戰地的慘狀時，感受到了身為記者的使命。
　　1　生意（business）　　2　休閒活動（leisure）
　　3　資訊（information）　4　記者（reporter）

□ **13** これからという時に亡くなって、先生も（　　　）悔しかったことでしょう。

1　さほど　　　　　　　2　さも

3　いざ　　　　　　　　4　さぞ

譯〉他的人生才正要開始就去世了，想必老師也很遺憾吧。
　　1　（沒）那麼　　　　2　非常
　　3　來吧　　　　　　　4　想必

(解題)**11**　　　　　　　　　　　　　　　　　　　　　　　　答案 **(3)**

「難／困難」是指困難的事情。用法是在名詞之後接「～難／～難」。例如：
財政難（財務困難）。

選項1「無／沒有」是指沒有。用法是在詞語前面接上「無／無」，像是「無
遠慮／不客氣」、「無作法／沒規矩」。

選項2「欠／欠缺」是指欠缺。例如：欠席（缺席）、欠礼（失禮）。

選項4「割／比例」是指比例。例如：5割（五成）、割に合わない（不划算）。

(解題)**12**　　　　　　　　　　　　　　　　　　　　　　　　答案 **(4)**

「ジャーナリスト／記者」是指在報社等機構進行報導的人。

選項1「ビジネス／商務」是指商業辦公。例如：ビジネスマン（上班族）。

選項2「レジャー／閒暇」是指空閒時間。例如：レジャーセンター（休
閒中心）。

選項3「インフォメーション／資訊」是指嚮導、接待處、資訊。

(解題)**13**　　　　　　　　　　　　　　　　　　　　　　　　答案 **(4)**

「さぞ／想必」是推測對方心情的詞語，用法是「さぞ～でしょう／想必～
吧」。

選項1「さほど／（並非）那麼」是"那麼"的意思，後接否定。例句：
さほど疲れてはいません。（並沒有那麼累）。

選項2「さも／非常、好像」是"完全就是～"的意思。用法是「さも～
のように／好像～」、「さも～そうな／好像」。例句：さも楽しそうな
顔で笑う。（笑得非常開心）。

選項3「いざ／一旦」是"一旦到了個時候～、終於"的意思。例句：い
ざやろうとすると…。（一旦決定要做了…）、いざという時に腰が抜け
てしまった。（一旦到了那個節骨眼，就嚇得人都癱軟了）。

◎問題3　選項中有和＿＿＿意思相近的詞語。請從選項1・2・3・4中選出一個
　　　　最適合的答案。

□ **14** 家賃は隔月払いです。

　　1　一か月ずつ　　　　　　　2　一か月おき

　　3　一か月遅れ　　　　　　　4　一か月先

　　譯〉房租是每兩個月繳一次。
　　　　1　每個月一次　　　　2　每隔一個月一次
　　　　3　晚一個月　　　　　4　一個月後

□ **15** そんないい加減な作り方では売り物にならないよ。

　　1　ちょうどいい　　　　　　2　なめらかな

　　3　なまけた　　　　　　　　4　ざつな

　　譯〉用那種潦草的作法做出來的東西沒辦法當成商品販售啦。
　　　　1　丁度いい（剛好）　　2　滑らかな（光滑）
　　　　3　怠けた（懶惰）　　　4　雑な（潦草）

□ **16** さすが、高級レストランは、コーヒーカップまでエレガントだ。

　　1　上品　　　　　　　　　　2　流行

　　3　高級　　　　　　　　　　4　独特

　　譯〉真不愧是高級餐廳，就連咖啡杯的造型都很優雅。
　　　　1　高尚　　　　　　　　2　流行
　　　　3　高級　　　　　　　　4　獨特

「隔月／間隔一個月」。例如 1 月、 3 月、 5 月、 7 月⋯，即是 "間隔一個月"。

選項 2「一か月おき／間隔一個月」是指跳過一個月，下個月再繼續。「隔日／間隔一天」是「一日おき／每隔一天」。

選項 1「一か月ずつ／每個月」是指每個月。例句：一か月ずつ当番を交代する。（每一個月輪流值班一次）。

選項 3「一か月遅れ／晚一個月」是指比指定的某月再晚一個月。例句：一か月遅れで月謝を払う。（晚一個月繳納學費）。

選項 4「一か月先／一個月後」是指一個月後。例句：会えるのは一か月先だ。（還要等一個月才能見到面）。

「いい加減な／馬馬虎虎」是指沒有深入考慮、不責任的樣子。

選項 4「雑な／草率」是指不用心、馬虎的樣子。

選項 1「ちょうどいい／剛好」是指恰當的樣子。例句：これくらいの甘さでちょうどいい。（這甜度剛好）。

選項 2「なめらかな／平滑」是指表面很光滑的樣子。例句：なめらかな肌。（滑潤的肌膚）。

選項 3「なまけた／偷懶」是指該做的事卻沒做、或溜班翹課的樣子。例句：夏休みになまけたせいだ。（都是因為暑假時偷懶的緣故）。

「エレガント／高雅」是指典雅、優雅的樣子

選項 1「上品／典雅」是指品格高尚。

選項 2「流行／流行」是指流行，意思是在世界上廣泛流傳開來的事物。例如：流行の服（流行服飾）。

選項 3「高級／高級」是指程度很高，優秀的樣子。例句：高級なレストランで食事をする。（在高級餐廳用餐）。

選項 4「独特／獨特」是指某人或某物獨有的特點。例如：地方独特の言葉（鄉下獨特的方言）。

□ **17** 期限に間に合わないことはあらかじめわかっていたはずだ。

1　本当は　　　　　　　　2　すっかり

3　だいたい　　　　　　　4　以前から

譯〉他應該從一開始就知道無法趕上截止期限了。
1　老實説　　　　　　　2　完全
3　大致上　　　　　　　4　從以前開始

□ **18** 待ち合わせまで時間があったので、商店街をぶらぶらしていました。

1　くよくよ　　　　　　　2　のろのろ

3　うろうろ　　　　　　　4　しみじみ

譯〉碰面前還有時間，所以在商店街閒逛了一陣。
1　悶悶不樂　　　　　　2　遲鈍的
3　轉來轉去　　　　　　4　痛切的

□ **19** 君の協力を当てにしていたのだが、残念だ。

1　条件　　　　　　　　　2　参考

3　頼り　　　　　　　　　4　目処

譯〉儘管承蒙您的大力協助，（但成果仍然不佳，）非常遺憾。
1　條件　　　　　　　　2　參考
3　仰賴　　　　　　　　4　目標

(解題)**17**　　　　　　　　　　　　　　　　　　　　　　　　(答案) **(4)**

「あらかじめ／預先」是事先的意思。

選項4「以前から／從以前開始」是"從以前就是這樣"的意思。

選項1「本当は／其實」。例句：本当は彼女が好きだ。（其實我很喜歡她）。

選項2「すっかり／完全」是指完全、全部。例句：片付けはすっかり済んだ。（已經全部整理完畢了）。

選項3「だいたい／大概」是大約的意思。例句：だいたいわかった。（我大致明白了）。

(解題)**18**　　　　　　　　　　　　　　　　　　　　　　　　(答案) **(3)**

「ぶらぶら／閒晃」是指這邊走走、那邊逛逛，悠哉地走來走去的樣子。

選項3「うろうろ／徘徊」是指沒有目標的走來走去。

選項1「くよくよ／耿耿於懷」是指對瑣碎的小事在意、擔心的樣子。例句：くよくよしないで明るくいこう。（不要悶悶不樂的，開心一點嘛！）。

選項2「のろのろ／慢吞吞的」是指緩慢走路的樣子。例句：のろのろしてると遅刻するよ。（你再這樣慢吞吞的話會遲到哦！）。

選項4「しみじみ／深切的」是指打從心底深有所感的樣子。例如：しみじみ語り合う。（認真的交談）。

(解題)**19**　　　　　　　　　　　　　　　　　　　　　　　　(答案) **(3)**

「当て／依賴」是指靠得住的意思。

選項3「頼り／依靠」是指依賴、拜託。

選項1「条件／條件」是指"要成立某個約定所必要達成的事物"。例如：会員の条件。（成為會員的條件）。

選項2「参考／參考」是指可以幫助思考、決定的事物。例如：参考意見を聞く。（聽取參考意見）。

選項4「目処（めど）／目標」是目標的意思。例句：やっと仕事の目処がついた。（終於找到了工作的目標）。

◎問題 4　關於以下詞語的用法，請從選項 1・2・3・4 中選出一個最適合的答案。

□ **20 更新**

1　視力が落ちてきたので、今の眼鏡を更新することにした。

2　古い木造建築は、戦後、鉄筋の高層ビルに更新された。

3　このキーを押すと、ひらがながカタカナに更新されます。

4　5 年ぶりに男子 100 メートル走の世界記録が更新された。

[譯]〉刷新

1　因為視力變差了，所以我決定刷新現在的眼鏡

2　第二次世界大戰之後，老舊的木造房屋被刷新成了鋼筋水泥的高樓大廈

3　只要按下這個鍵，平假名就會刷新成片假名

4　男子百米短跑的成績終於在睽違五年之後，再度刷新了世界紀錄

□ **21 分野**

1　与えられた分野に添って、800 字以内で小論文を書きなさい。

2　オリンピックでは 100 を超える分野で、世界一が争われる。

3　研究チームのリーダーには専門の分野だけでなく、幅広い知識が求められる。

4　海岸に沿って、工業分野が広がっている。

[譯]〉領域

1　請依照指定的領域，書寫八百字以內的小論文

2　奧運選手將在超過一百項的各個領域中角逐世界第一

3　研究小組的組長不僅要精通專業領域的知識，更得廣泛的汲取新知

4　沿著海岸，工業領域正在擴大

(解題)**20**   (答案) (4)

　「更新する／更新」是"將紀錄或決定等等改成新的"的意思。例句：ア
パートの契約を更新する。（重新簽訂公寓的租約）。
　選項 2 應填入「改築／改建」、選項 3 應填入「変換／變更」才是合適的
詞語。

(解題)**21**   (答案) (3)

　「分野／領域」是指將活動範圍予以分門別類後的其中一部份。例句：将来、
天文の分野に進むつもりだ。（我未來打算進入天文方面的領域）。
　選項 1 應填入「課題／課題」、選項 2 應填入「競技／競技」、選項 4 應
填入「地帯／地區」才是合適的詞語。

□ 22 はなはだしい

1 どれでもいいと言われて一番大きい箱を選ぶとは、ずいぶんはなはだしいヤツだな。

2 わたしがあなたのことを好きですって？はなはだしい勘違いですよ。

3 そんなはなはだしい番組ばかり見ていないで、たまには本でも読んだら？

4 事故のはなはだしい映像が、インターネットを通じて世界中に拡散した。

譯〉嚴重的
1 人家說隨便你挑，你就真的挑了最大的箱子，你這傢伙臉皮可真嚴重
2 你說我對你有意思？這誤會可嚴重囉！
3 不要老是看那種嚴重的節目，偶爾也讀點書如何？
4 事故的嚴重影片透過網絡傳播到了全世界

□ 23 いかにも

1 さすが元歌手だけあって、いかにもすばらしい歌声だ。

2 無駄なお金を使わない、いかにも倹約家の彼女らしい結婚式だ。

3 誠実な彼のことだから、今度の選挙ではいかにも当選するだろう。

4 長い髪を後ろで結んでいたので、いかにも女の人だと思っていました。

譯〉還真是
1 他真不愧是歌手出身，歌聲還真是很美妙
2 這場婚禮還真是符合她勤儉持家的形象，一點都不鋪張浪費
3 因為他為人誠實，所以這次選舉還真是會當選吧
4 因為他把一頭長髮綁了馬尾，所以我認為他還真是女人

□ 24 エスカレート

1 懸命な消火活動にもかかわらず、山火事はますますエスカレートした。

2 君の話は、ウソではないのだろうが、少しエスカレートなのではないかな。

3 明日の試験のことを考えると、頭がエスカレートして眠れない。

4 住民による暴動は次第にエスカレートしていった。

譯〉愈發激烈
1 雖然已經拚命滅火了，但山裡的火勢仍然愈發激烈
2 你雖然沒有說謊，但是不是愈發激烈了呢？
3 一想到明天要考試，頭腦就愈發激烈，睡不著覺
4 居民們的暴動愈發激烈

(解題)**22**   (答案)**(2)**

「はなはだしい／非常」是指程度很高的樣子。例句：気温の差がはなはだしく大きいので、体調を崩しがちだ。（因為溫差很大，容易生病）。

選項1應填入「ずうずうしい／厚臉皮的」、選項3應填入「ばかばかしい／毫無價值的」、選項4應填入「いたましい／悽慘的」才是合適的詞語。

(解題)**23**   (答案)**(2)**

「いかにも／誠然」是"不管怎麼看，都是這樣"的意思。例句：いかにも君が言うとおりだ。（誠如你所說的）。

選項1應填入「思ったとおり／意料之中」「やはり／果然」、選項3應填入「当然／當然」、選項4應填入「多分／大概」才是合適的詞語。

(解題)**24**   (答案)**(4)**

「エスカレート／逐步遞增」是"某個傾向或某件事逐漸增強、變大"的意思。例句：アメリカとの紛争がエスカレートする。（我國與美國的紛爭日益緊張）。

選項1應填入「広がった／擴展」、選項2應填入「オーバー／超過」、選項3應填入「混乱／混亂」才是合適的詞語。

□ **25 言い張る**

　1　このタレントは、どの番組でも、つまらない冗談ばかり言い張っている。

　2　スピーチは、聞き取りやすいよう、大きな声でゆっくり言い張ろう。

　3　その男は、警察に連れていかれてからも、自分は被害者だと言い張った。

　4　自由の大切さを死ぬまで言い張った彼は、この国の英雄だ。

譯〉堅稱

　　1　這名藝人不管上哪個節目，都只會堅稱無聊的玩笑

　　2　為了讓聽眾聽得清楚，演講時要放大音量，慢慢堅稱吧！

　　3　那名男子在被警察帶走後，仍堅稱自己是受害者

　　4　他到死前都堅稱自由的重要，真是這個國家的英雄

解題 25　　　　　　　　　　　　　　　　　　　　答案 (3)

「言い張る／堅決主張」是"強烈主張某個意見等等"的意思。例句：犯人は僕ではないと言い張った。（犯人堅決主張自己不是兇手）。

選項 1 應填入「言って／説」、選項 2 應填入「話そう／説吧」、選項 4 應填入「主張した／主張」才是合適的詞語。

問題四
《第二回 全真模考》

翻譯與解題

◎問題1 ＿＿＿中的詞語讀音應為何？請從選項１・２・３・４中選出一個最適合的答案。

□ **1** 条件に該当する項目を全て書き出しなさい。

1 かいとう 2 がいとう

3 かくとう 4 がくとう

訳〉請把符合條件的項目全部寫出來。
1 回答（回答） 2 該當（符合）
3 格闘（戰鬥） 4 学頭（校長）

□ **2** このデザイナーは、独特の色彩感覚に定評がある。

1 しょくざい 2 しょくさい

3 しきざい 4 しきさい

訳〉大家公認這名設計師對色彩有獨到的見解。
1 食材（食材） 2 植栽（栽種）
3 資機材（裝備器材） 4 しきさい（色彩）

□ **3** 巡ってきたチャンスを逃さないよう、全力で取り組むつもりだ。

1 のがさない 2 にげさない

3 ぬかさない 4 つぶさない

訳〉為了不錯失好不容易得來的機會，我會全力以赴。
1 逃さない（不錯失） 2 ×
3 抜かさない（不超越） 4 潰さない（不弄碎）

□ **4** 故郷に帰る日のことを思うと、心が弾む。

1 はばむ 2 はずむ

3 はげむ 4 いどむ

訳〉一想到回到故郷的那一天，心情就很雀躍。
1 阻む（阻止） 2 弾む（雀躍）
3 励む（努力） 4 挑む（挑戰）

(解題)**1**　　　　　　　　　　　　　　　　　　　　　　　　　　　(答案) **(2)**

「該当／符合」是 "吻合" 的意思。

其他選項的漢字：選項 1「解答、回答／解答、回答」、選項 3「格闘／格鬥」。

該唸作ガイ。例如：該当（符合）、該博（淵博）。

(解題)**2**　　　　　　　　　　　　　　　　　　　　　　　　　　　(答案) **(4)**

「色彩／色彩」是指顏色、配色。

其他選項：選項 1「食材／食材」、選項 2「植栽／種植」。

色的念法有ショク／シキ／いろ。例如：変色（變色）、原色（原色）、色紙（彩紙）、顔色（顏色）。

彩的念法有サイ／いろど‐る。例如：水彩画（水彩畫）、花火が暗い夜空を彩る（煙火點綴了黑暗的夜空）。

(解題)**3**　　　　　　　　　　　　　　　　　　　　　　　　　　　(答案) **(1)**

「逃す／被逃走」是沒抓住的意思。

其他選項的漢字：選項 2「にげる」雖寫成「逃げる／逃走」，但不會念「にげさない」。選項 3「抜かさない／不遺漏」，選項 4「潰さない／不被壓扁」。

逃的念法有トウ／に‐げる／に‐がす／のが‐す／のが‐れる。例如：逃走（逃跑）、一目散に逃げる（一溜煙地逃跑）、犯人を逃がす（被犯人逃脱）、商品を逃す（錯過商品）、責任を逃れる（逃避責任）。

(解題)**4**　　　　　　　　　　　　　　　　　　　　　　　　　　　(答案) **(2)**

「弾む／彈起」是 "讓球之類的物品彈跳起來" 的意思。也可以指 "表現出無法壓抑的欣喜"。

其他選項的漢字：選項 1「阻む／阻止」、選項 3「励む／努力」、選項 4「挑む／挑戰」。

弾的念法有ダン／ひ‐く／はず‐む／たま。例如：爆弾（炸彈）、ピアノを弾く（彈鋼琴）、ボールが弾む（球彈跳起來）、弾をこめる（裝填子彈）。

□ 5 資料が不足している人は、速やかに申し出てください。

1 すこやか　　　　　　　　2 こまやか

3 すみやか　　　　　　　　4 あざやか

譯〉請資料還沒繳齊的同仁儘快繳交資料。
　　1 健やか（健壯）　　　　2 細やか（細緻）
　　3 速やか（迅速）　　　　4 鮮やか（鮮明）

□ 6 明るいうちに峠を越えた方がいい。

1 ふもと　　　　　　　　2 とうげ

3 みさき　　　　　　　　4 いただき

譯〉趁著天還亮時翻過山嶺比較妥當。
　　1 麓（山麓）　　　　　　2 峠（山嶺）
　　3 岬（海角）　　　　　　4 頂（山頂）

(解題)**5**   (答案) **(3)**

「速やか／迅速」是指花的時間不多，很快的樣子。

其他選項的漢字：選項1「健やか／健康」、選項2「細やか／仔細」、選項4「鮮やか／鮮明」。

速ソク／はや‐い／はや‐める／すみ‐やか。例如：速達（快遞）、スピードが速い（速度很快）、速やかに提出する（迅速提出）。

(解題)**6**   (答案) **(2)**

「峠／關鍵期、山頂」是指"上坡和下坡的交界處"或"判別好或壞的關鍵期"。

其他選項的漢字：選項1「麓／山腳」、選項3「岬／海角」、選項4「頂／山頂」。

「峠／關鍵期、山頂」。例如：峠の茶屋（山頂的茶館）、峠を越す（翻過山頂、過了關鍵期）。

翻譯與解題

◎問題2 （　　　　）中的詞語應為何？請從選項1・2・3・4中選出一個最適合的答案。

□ **7** 少子高齢化は、老人が老人を（　　　　）するという過酷な事態を生んでいる。

　　1　福祉　　　　　　　　　　2　保育

　　3　安静　　　　　　　　　　4　介護

　譯〉 社會的少子化與高齡化造成了老年人看護老年人的嚴酷情況。

　　　1　福利　　　　　　　　　2　保育

　　　3　安靜　　　　　　　　　4　看護

□ **8** 部長は部下を（　　　　）ばかりだが、ほめてくれればもっとやる気が出るのに。

　　1　みたす　　　　　　　　　2　けなす

　　3　はみだす　　　　　　　　4　もよおす

　譯〉 經理總是在貶低部下。如果表揚我們，我們明明會更有幹勁的。

　　　1　満たす（充滿）　　　　2　貶す（貶低）

　　　3　食み出す（露出）　　　4　催す（舉行）

□ **9** 我が社は日々、製品の品質（　　　　）に努めております。

　　1　向上　　　　　　　　　　2　上昇

　　3　良好　　　　　　　　　　4　増加

　譯〉 我們公司每天都致力於提升產品品質。

　　　1　提升　　　　　　　　　2　上升

　　　3　良好　　　　　　　　　4　增加

(解題)**7**　(答案) **(4)**

「介護/看護」是指看護病人或年長者。

選項1「福祉/福利」是使人民生活更幸福(的措施)。例如:社会福祉(社會福利)。

選項2「保有/持有」是指自己所擁有的事物。例句:兵器を保有する。(持有兵器)。

選項3「安静/安靜(躺臥)」是指靜養身體。例如:安静時間(靜養的時間)。

(解題)**8**　(答案) **(2)**

「けなす/貶低」是指説壞話。

選項1「みたす(満たす)/填滿」是"裝得滿滿的"的意思。例句:空腹をみたす。(填飽肚子)。

選項3「はみだす/滿溢出」是"超出有限範圍、滿到外面"的意思。例句:会場から人がはみだす。(人群從會場裡溢湧而出)。

選項4「もよおす/舉行」用在召開會議等時。例如:説明会をもよおす(召開説明會)。

另外有"進入某個狀態"的意思。例如:眠気をもよおす(昏昏欲睡)。

(解題)**9**　(答案) **(1)**

「向上/進步」是指比以前更進步。

選項2「上昇/上升」是提升的意思。例如:気温の上昇。(氣溫上升)。

選項3「良好/良好」是指成績或狀態良好。例如:成績良好。(成績優秀)。

選項4「増加/増加」是指增加。例句:体重が増加する。(體重增加)。

《第三回 全真模考》 問題二

□ **10** 兄とは、兄弟というより、何でも競い合う（　　　）のような関係です。

1　キャリア　　　　　　　2　ライバル

3　トラブル　　　　　　　4　ボーイフレンド

譯〉 我和哥哥的關係，與其說是兄弟，倒不如說是在任何方面都互相競爭的對手關係。
　　1　履歷（career）　　　2　競爭對手（rival）
　　3　糾紛（trouble）　　　4　男朋友（boyfriend）

□ **11** 失業して離婚した。金の切れ目が（　　　）の切れ目とはよく言ったものだ。

1　宝　　　　　　　　　　2　骨
3　縁　　　　　　　　　　4　涙

譯〉 我失業後就離婚了。這就是俗話說的 "錢在人情在，錢盡緣分斷" 吧！
　　1　寶　　　　　　　　2　骨
　　3　緣　　　　　　　　4　淚

□ **12** 一度引き受けた仕事を、（　　　）できないとは言えない。

1　いかにも　　　　　　　2　まさしく

3　やんわり　　　　　　　4　いまさら

譯〉 既然已經答應接下的工作，事到如今不能說不做就不做了。
　　1　實在　　　　　　　　2　正是
　　3　委婉　　　　　　　　4　事到如今

□ **13** 娘の寝顔を見ると、小さな悩みなんて（　　　）しまうよ。

1　吹き飛んで　　　　　　2　走り去って
3　滑り込んで　　　　　　4　溶け出して

譯〉 一看到女兒的睡臉，那些雞毛蒜皮的煩惱就全都煙消雲散了。
　　1　煙消雲散　　　　　　2　跑走
　　3　滑進　　　　　　　　4　開始溶化

(解題)**10**   答案 (2)

「ライバル／對手」是指勁敵、競爭對手。

選項1「キャリア／資歷」是指某方面的經驗。例句：20 年のキャリアがある。（有二十年的工作經驗）。

選項3「トラブル／糾紛」是指紛爭或問題。例句：トラブルを解決する。（解決問題）。

選項4「ボーイフレンド／男朋友」是男朋友的意思。例句：ボーイフレンドと映画を見に行く。（和男朋友去看電影）。

(解題)**11**   答案 (3)

「縁／緣」是指人和人之間的結緣。

「金の切れ目が縁の切れ目／錢在人情在，錢盡緣分斷」是一句諺語，意思是 "人和人的關係建立在金錢之上，一旦沒有錢了也就不相干了"

選項1「宝／寶物」是指寶物。例句：子どもは国の宝だ。（孩子是國家的珍寶）。

選項2「骨／骨頭」。例句：この国に骨を埋める。（把一生奉獻給這個國家）。

選項4「涙／眼淚」。例句：涙を流す。（流淚）。

(解題)**12**   答案 (4)

「いまさら／事到如今」是指 "到了現在才～" 的意思。

選項1「いかにも／誠然」是 "無論怎麼想都～" 的意思。例句：いかにも残念だ。（真是很可惜）。

選項2「まさしく／的確」是 "的確" 的意思。例句：正しく彼女は美人だ。（她的確是個美人）。

選項3「やんわり」是 "柔和的、委婉的" 的意思。例句：やんわりと注意する。（委婉的提醒）。

(解題)**13**   答案 (1)

「吹き飛ぶ／煙消雲散」是完全消失的意思。

選項2「走り去る／跑掉」是跑走的意思。例句：振り返りもせず走り去った。（頭也不回的跑掉了）。

選項3「滑り込む／滑進」是滑進去的意思。例句：滑り込みセーフ。（趕上截止前一刻）。

選項4「溶け出す／融化」是 "固體的物品化成液體" 的意思。

◎問題 3　選項中有和＿＿＿意思相近的詞語。請從選項 1・2・3・4 中選出一個最適合的答案。

□ **14**　定年後は、キャリアを生かしたボランティア活動をするつもりだ。

1　能力　　　　　　　　　　2　性格
3　経歴　　　　　　　　　　4　出身

譯〉退休之後，我打算發揮過去的工作經驗來參與志工活動。
　　1　能力　　　　　　　　　2　性格
　　3　資歷　　　　　　　　　4　出身

□ **15**　次の項目に該当する人は、近くの係員まで申し出てください。

1　合う　　　　　　　　　　2　乗る
3　貼る　　　　　　　　　　4　参加する

譯〉符合以下條件的人，請向附近的工作人員提出申請。
　　1　適合　　　　　　　　　2　坐
　　3　貼　　　　　　　　　　4　參加

□ **16**　彼は本当に信頼できる男なのか。現に、約束の時間になっても来ないじゃないか。

1　今のところ　　　　　　　2　例によって
3　その証拠に　　　　　　　4　約束したのに

譯〉他真的是可靠的男人嗎？現在證據擺在眼前，都已經到了約定時間，他也沒出現啊。
　　1　目前　　　　　　　　　2　依照先例
　　3　以此為根據　　　　　　4　明明約定好

(解題)**14**　　　　　　　　　　　　　　　　　　　　　　　(答案)**(3)**

「キャリア／資歷」是指某方面的經驗、經歷。

選項3「経歴／經歷」是指目前為止的學歷和職業經歷。

選項1「能力／能力」是指處理事情的能力。例句：能力を引き出す。（發揮能力）。

選項2「性格／性格」是指某人擁有的特質。例句：朗らかな性格。（開朗的性格）。

選項4「出身／出身」是指某人來自的學校或地區。例句：モンゴル出身の力士。（出身蒙古的相撲選手）。

(解題)**15**　　　　　　　　　　　　　　　　　　　　　　　(答案)**(1)**

「該当する／符合」是完全符合的意思。

選項1「合う／符合」是吻合的意思。

選項2「乗る／搭乘」除了乘坐交通工具的意思之外，還有參與的意思。例句：相談に乗る。（提供建議）。

選項3「貼る／黏貼」是指物品和物品緊黏在一起。例句：のりで貼る。（用膠水黏貼）。

選項4「参加する／參加」是指加入。例句：合唱コンクールに参加する。（參加合唱團）。

(解題)**16**　　　　　　　　　　　　　　　　　　　　　　　(答案)**(3)**

「現に」有"事實上、實際上"的意思。

選項3「その証拠に／以此為根據」是以這件事來證明某事的意思。

選項1「今のところ／目前、現階段」是指就現在的狀態而言。例句：今のところ母は元気です。（媽媽目前還稱得上老當益壯）。

選項2「例によって／依照先例」是指"總是那麼做"。例句：例によって先生のお説教が始まった。（依照慣例，老師又開始訓話了）。

選項4「約束したのに／明明約定好」是"不顧已經約定好了"的意思。例句：7時に約束したのに、彼女は来ない。（明明約好七點了，她卻沒來）。

□ **17** 東京近郊にもまだ昔の趣の残っている街がある。

1 思い出　　　　　　　　2 遊び

3 旅館　　　　　　　　　4 雰囲気

譯▷ 東京近郊還有一些街區仍然保留著舊時的風貌。

　　1 回憶　　　　　　　　2 遊戲

　　3 旅館　　　　　　　　4 氣氛

□ **18** 候補者の演説は、どれも無難で新鮮さに欠けるものだった。

1 真面目過ぎる　　　　　2 レベルが低い

3 分かりにくい　　　　　4 良くも悪くもない

譯▷ 無論是哪一位候選人的演説，都平平淡淡的，缺乏新鮮感的。

　　1 過於認真　　　　　　2 低水準

　　3 不易懂　　　　　　　4 沒有好或不好

□ **19** 今日こそいい結果を出すぞ、と彼は意気込んで出掛けていった。

1 叫んで　　　　　　　　2 張り切って

3 もてなして　　　　　　4 気にして

譯▷ 「今天一定會帶回好結果！」他一邊這麼説一邊幹勁十足的出門了。

　　1 喊叫　　　　　　　　2 幹勁十足

　　3 招待　　　　　　　　4 在乎

「趣／旨趣」是"真切的感到～"的意思。

選項3「雰囲気／氛圍」是當場的感覺。

選項1「思い出／回憶」是"讓人想起以前的事情"的意思。例句：小学校の思い出。（小學時期的回憶）。

選項2「遊び／遊玩」是指玩樂。例句：大人にとっても遊びは必要だ。（即使是大人也需要玩樂）。

選項3「旅館／旅館」是提供住宿的日式設施。例句：素敵な旅館に泊まる。（住在很棒的旅館）。

解題 **18**　　　　　　　　　　　　　　　　　　　　　　　答案 **(4)**

「無難／平平淡淡」是指"沒有特別好也沒有特別不好的樣子"。選項4「良くも悪くもない／沒有好或不好」表示不能說好也不能說不好的意思。

選項1「真面目過ぎる／過於認真」是指超過必要程度的認真。例句：真面目すぎるのも考えものだ。（做事過於認真恐怕也值得商榷）。

選項2「レベルが低い／低水準」是指比其他事物程度更低的樣子。例句：レベルが低い学校。（低水準的學校）。

選項3「わかりにくい／不易懂」是指難以理解。例句：館はわかりにくい場所にある。（圖書館的位置很不好找）。

解題 **19**　　　　　　　　　　　　　　　　　　　　　　　答案 **(2)**

「意気込む／幹勁十足」是指為了做某事而精神百倍的樣子。

選項2「張り切る／精神百倍」表示打算要努力做某事。

選項1「叫ぶ／喊叫」指發出很大的聲音。例句：遠くから叫んだ。（從遠處發出吶喊）。

選項3「もてなす／招待」是指細心的接待客人。例句：外国人をもてなす。（接待外賓）。

選項4「気にする／擔心」是指特別擔心某事。例句：容姿を気にする。（在意外表）。

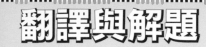

◎問題 4　關於以下詞語的用法，請從選項 1・2・3・4 中選出一個最適合的答案。

□ **20　告白**

1　新製品の特徴を表にして告白する。

2　自分の過ちを告白するのは、大変勇気がいることだ。

3　医者には、患者の病状を分かりやすく告白する義務がある。

4　マスコミ各社は、女優 A の婚約を一斉に告白した。

譯〉坦承

　　　1　將新產品的特徵製成圖表坦承給大家

　　　2　坦承自己的錯誤，是非常需要勇氣的事

　　　3　醫生有義務簡單易懂地坦承患者的病情

　　　4　各大媒體同時坦承了女演員 A 訂婚的消息

□ **21　仲直り**

1　簡単な故障なら、自分で仲直りできます。

2　練習で失敗したことを、本番で仲直りすることが大切だ。

3　ぼくとたかし君は、小さいころからの仲直りです。

4　仲直りの印に握手をしようじゃないか。

譯〉和好

　　　1　如果是輕微的故障就可以自己和好

　　　2　將練習中的失誤，在正式表演中和好是很重要的

　　　3　我與小隆是從小的和好

　　　4　作為和好的證明，你們兩個握個手吧！

□ **22　ふさわしい**

1　駅前のコンビニは 24 時間営業なので、忙しい人にふさわしい。

2　優秀な彼女には、もっとふさわしい仕事があると思う。

3　あの兄弟は、顔も体格もふさわしくて、遠くからでは区別がつかない。

4　ちゃんと病院に行って、ふさわしい薬をもらったほうがいいよ。

譯〉合適

　　　1　由於車站前的便利商店營業二十四小時，很合適忙碌的人

　　　2　她這麼優秀，我覺得應該有更合適她的工作

　　　3　那對兄弟的長相和體格都很合適，遠遠一看根本分不出來

　　　4　確實去醫院，領合適的藥會比較好

(解題) **20**

「告白する／坦承」是指坦白説出隱情。例句：私はＡ君に前から好きだっ
たと告白した。（我向Ａ同學告白了自己從以前就喜歡他）。

關於其他選項的句子，選項1應填入「発表／發表」，選項3應填入「告
示／告示」、選項4應填入「公表／公布」才是合適的詞語。

(解題) **21**

「仲直り／和好」是指關係變差的雙方恢復以往的交情。例句：意見の食
い違いで喧嘩していたＡ君と仲直りした。（我和因為意見分歧而吵了架
的Ａ同學和好了）。

關於其他選項的句子，選項1應填入「修理／修理」，選項3應填入「仲
良し／友好」才是合適的詞語。

(解題) **22**

「ふさわしい／適合」是指和某人或某物的性質相襯的樣子。例句：秋は
読書をするのにふさわしい季節だ。（秋天是適合讀書的季節）。

關於其他選項的句子，選項1應填入「ありがたい／值得感謝」，選項3
應填入「似ていて／相似」，選項4應填入「合う／合適」才是合適的詞語。

☐ **23　強いて**

1　いい映画だが、しいて言うなら意外性に欠ける。
2　彼女は、こちらの都合など考えず、しいてしゃべり続けた。
3　男の子というのは、好きな女の子をしいていじめるものだ。
4　犯人逮捕のために、知っていることはしいて話してください。

譯〉 硬要

    1　這是一部好片，但如果硬要說的話，這部片缺少了出乎意料的情節
    2　她沒考慮到我們方不方便，硬要繼續說話
    3　男孩子就是會硬要欺負自己喜歡的女孩子
    4　為了逮捕犯人，請您硬要告訴我您所知道的事情

☐ **24　威張る**

1　君は班長なのだから、責任を持ってもっと威張らなくてはいけないよ。
2　あの山は姿が威張っていると、観光客に人気だ。
3　3つ上の兄は、いつも威張って私に命令する。
4　となりの犬は夜になると大きな声で威張るので迷惑だ。

譯〉 逞威風

    1　你身為班長，要負起責任，必須得逞威風
    2　那座山的模樣很逞威風，很受遊客歡迎
    3　大我三歲的哥哥總是逞威風的命令我
    4　隔壁家的狗一到晚上就大聲地逞威風，造成大家的困擾

☐ **25　使いこなす**

1　父に買ってもらったこの辞書は、もう 10 年以上使いこなしている。
2　このくつはもう使いこなしてしまったので、捨ててください。
3　この最新の実験装置を使いこなせるのは、彼だけです。
4　旅先で、持っていたお金を全て使いこなしてしまった。

譯〉 運用自如

    1　這本爸爸買給我的詞典已經運用自如十幾年了
    2　這雙鞋已經運用自如了，請把它扔掉
    3　能將這個最新型的實驗裝置運用自如的就只有他一個人
    4　在旅途中把所有的錢都運用自如了

解題**23**

「強いて／硬要」是強求的意思。例句：気が向かないのなら、強いて行く必要はない。（如果不想去，也沒必要強迫自己去）。

關於其他選項的句子，選項 2 應填入「勝手に／只顧自己方便」，選項 3 應填入「わざと／故意」，選項 4 應填入「極力／盡量」、「全て／全部」才是合適的詞語。

解題**24**

答案 **(3)**

「威張る／逞威風」是在別人面前擺架子的意思。例句：優勝したからって威張るんじゃない。（就算贏得了勝利也不該這樣逞威風）。

關於其他選項的句子，選項 1 應填入「指導しなくて／（不得）不領導」，選項 2 應填入「悠然として／悠然」，選項 4 應填入「ほえる／吠叫」才是合適的詞語。

解題**25**

答案 **(3)**

「使いこなす／運用自如」是"充分活用某樣物品的功能"的意思。例句：新しく出たスマートフォンはなかなか使いこなすことができない。（我實在不太會操作這台新出的智慧型手機）。

關於其他選項的句子，選項 1 應填入「使って／使用」，選項 2 應填入「履きつぶして ／穿壞」，選項 4 應填入「使い切って／用完」才是合適的詞語。

【實戰制霸 01】

■ 發行人／林德勝

■ 著者／吉松由美、田中陽子、西村惠子、林勝田

　　　山田社日檢題庫小組

■ 出版發行／山田社文化事業有限公司
　　地址　臺北市大安區安和路一段112巷17號7樓
　　電話　02-2755-7622
　　傳真　02-2700-1887

■ 郵政劃撥／19867160號　大原文化事業有限公司

■ 總經銷／聯合發行股份有限公司
　　地址　新北市新店區寶橋路235巷6弄6號2樓
　　電話　02-2917-8022
　　傳真　02-2915-6275

■ 印刷／上鎰數位科技印刷有限公司

■ 法律顧問／林長振法律事務所　林長振律師

■ 書／定價　新台幣 329 元

■ 初版／2024年 4 月

© ISBN : 978-986-246-820-3
2024, Shan Tian She Culture Co. , Ltd.

STS

山田社